illustration AKAZA SAMAMIYA

「──屈めよ」

目を眇めて言うと、七水は一瞬で顔を赤くした。

「は、はいっ」

ぎゅっと目を瞑り、七水は頬を紅潮させた顔を近づけてくる。

ぼくのすきなひと

my dear

栗城 偲
SHINOBU KURIKI presents

ガッシュ文庫
KAIOHSHA

イラスト／サマミヤアカザ

CONTENTS

本作品の内容はすべてフィクションです。
実在の人物・地名・団体・事件などとは一切関係ありません。

ぼくのすきなひと

学習塾の所在地というのは、うらぶれた場所か繁華街のど真ん中かの二極化していることが多い。

茂永渓《もながけい》の通う学習塾「促進会」は後者で、その帰り道は大概、サラリーマンや明らかに水商売と思われる人たち、酔客などでごった返している。

成績が上がっても情操教育で躓《つまず》きそうな環境だよな、と渓は帰路に就《つ》きながら他人事のように思っていた。

時刻は二十時五分。泥酔したサラリーマンに「よう、ゆとり教育！　お疲れさん！」などと声をかけられたが、当然黙殺した。

残念ながらゆとり教育は終わったし、子供の側から言わせてもらえば、結局のところそのゆとりとやらのおかげで子供が忙《せわ》しくなったのだ。

学校で教えてくれないならば、外で教わるしかないと教育熱が加速し、学習塾への入塾もしくは私立校への入学に躍起になる。

渓の場合は、それでも趣味的な習い事に通っていないため激務に追われることはない。だが、渓もまた毎週月水金は午後九時までみっちりと三時間勉強している。

一般に「お受験」と言われる私立小学校への受験をクリアした後《のち》、内部進学ではあるものの、塾通いはやめなかった。勉強は嫌いではないので苦にはならないし、内部進学だからとて油断はできない。

なにより塾友と一緒にいるのが楽しかったのだ。それは頭のレベルの問題ではなく、波長の合う友人を得たからだった。

「なー、渓、冬弥《とうや》。テストどうだった?」

ペットボトルに口を付けながら、塾友である椿吏貢《つばきりく》が問うてくる。

今日は先日行われた模試の結果が返ってきた日だったのだ。まだ順位は貼り出されていなかったので、互いの順位は知らない。

同じく塾友の植村《うえむら》冬弥となんとなく目配せをして、渓は頷《うなず》いた。

「まあ、普通。いつも通り」

冬弥は顔を顰《しか》めて、小さく息を吐《つ》く。

「俺、今回も国語で躓いた。三位」

「俺二位。じゃあ、一位は渓か」

断定的に予想を口にする吏貢に、渓は眉根《まゆね》を寄せる。

「勝手に決めつけるなよ」

「じゃあ違うのか?」

「……そうだけどさ」

渓の科白《せりふ》に、吏貢はほらみろ、と得意げに笑った。冬弥はその傍らで、したり顔でいる。

吏貢と冬弥は塾で出来た友達だ。この二人は渓とは別の、同じ公立の小学校に通っている。

一般的な公立小学校にいるくせに、二人とも成績は常にトップを維持していた。

大概は塾の成績トップ3をこの三人で独占していることが多い。だから冬弥や吏貢と自然と話す機会が増え、そのうち渓も元々友達だった二人の輪に加わるようになった。

二人とも、特別進学クラスにありがちな切羽詰まった感もなく、渓と違っていかにもお勉強しています、という外見でもない。

吏貢はどちらかと言えばむしろガキ大将的な容貌《ようぼう》で、頭がよさそうには見えない。だが、集中力は人一倍あり、頭の回転が速い。オンオフの切り替えがうまいのだろう。

冬弥は吏貢よりは悪ガキ度合が低めで、ハキハキと活発に動くタイプだ。気取ったところがないのにさりげないフェミニストぶりを見せているので、もしかして年上の恋人がいるのでは？　などという噂《うわさ》もある。

そして特筆すべきは二人とも、タイプは異なるがまるでアイドルのように整った顔立ちをしていることだ。

ともに、頭と顔がよいことを鼻にかける風でもなく、女子に人気のツートップでもあった。

じっと見ていると、二人が怪訝《けげん》そうな顔をする。

「なに？　渓」

「いや、二人とも頭も顔もいいし、モテてるなあと思って」

渓の発言に、冬弥が目を丸くした。

「渓がそういうこと言うのなんか意外だな。っていうか、自分だってモテてるくせによく言うよ」

「俺がいつモテた」

まったく身に覚えがない。下手な慰めはいらないと手を振るが、吏貢が大仰に驚いて見せた。

「わー。こういう無自覚なほうが性質《たち》悪いよな。散々期待持たせといてその気はありませんでしたってやんのは恨みを買うぞー、渓」

「だから、俺がいつどこで誰に期待持たせたんだよ」

憮然《ぶぜん》として言い返すも、二人はやれやれと言いながら肩を竦《すく》める。

「渓は観賞用なんだよな。結構クールビューティで近寄りがたいのに、別に普通に話しもするし、俺たちといると普通に笑うから、そのギャップがいいんじゃん？」

冬弥の評は、少し盛っている気がする。クールでもビューティでもない、ただのテンションの低い性格なだけだし、冷たく見えるのは一重《ひとえ》の釣り目のせいだ。

「えー、でもそういうの気にすんだ？　なんか渓ってあんま恋愛に興味ないと思ってたわ。ごめん」

「いや、謝られても。実際恋愛に興味あるわけじゃないし自分への評価はどうでもいいんだけど、恋人がいる余裕がモテ要素に働いていることが、世のままならぬところだなあと思って」

いるんだろ、恋人。そう問うと、二人は曖昧《あいまい》に笑った。話してくれないことにはなにがしかの理由があるのだろうし、全く疎外《そがい》感を覚えないと言えば嘘《うそ》になるが、時期が来れば折を見て話してくれるだろう。

まあいい、と渓は眼鏡《めがね》のブリッジを押し上げる。

「したいわけでもないし、俺が恋愛に向いてるとも思わないしな」

初恋なるものがあったような記憶もあるのだが、恋と呼ぶには淡すぎて「恋愛をした」という意識はない。

「――恋愛そのものがよくわからん」

「頭でわかってするもんじゃないだろ、恋愛なんて。それに、小学生が恋愛を語るには時期尚早《しょうそう》なんじゃん？　なあ冬弥？」

「……まあ、恋愛なんて人それぞれだし。でも案外渓みたいなタイプがある日突然恋に落ちたりするのかもね」

なんの答えにもならないことを言いながらも、二人は自分たちの恋愛観について触れる気はあまりないようで、それ以上は話さなかった。渓もどうしてもというわけではなく、深くつっこまずに話題が逸《そ》れる。

とりとめのない話をしながら三人揃《そろ》って駅に向かって歩いていると、不意に男の怒声が耳に入ってきた。

「なんだよ、喧嘩《けんか》かぁ?」

吏貢が言いながら、どこか野次馬的な気分もあるのか、少々嬉《うれ》しげな声色を滲《にじ》ませる。

「……迷惑にならないようにやれっての。往来で」

そう冬弥が呆《あき》れ声を出すのに賛同しつつ、声の出どころを探したそうな吏貢を窘《たしな》めながら道を曲がり、三人同時に足を止めた。

「——!」

大通りの真ん中で、二人の男が殴り合っている。——正確に言えば、一人が一方的に殴られていた。

時折うめき声を上げ、腕で男の暴力を防ごうとはしているが、必死に抵抗している様子が見られないのが奇妙だ。喧嘩にしては一方的にやられすぎている。その様子に、渓は覚えず「うわ」と声を漏《も》らした。

殴られているほうの男は、よく見ると制服を着ていたので、高校生くらいだろうか。ブレザー姿のまま、蹲《うずくま》って殴られ続けている。

もう一つ異様に映ったのは、何故か暴力を振るっている男のほうが、泣き喚《わめ》いていたことだ。何事か罵《ののし》っているようだが、嗚咽《おえつ》に阻《はば》まれてうまく聞き取れない。

周囲も遠巻きに見ているだけで、誰も助けに入ろうとはしていなかった。皆一様に、その光景を眺めながら横をすり抜けていく。

三人で目配せをし、最初に口を開いたのは吏貢だった。

「……誰か警察呼んでっかな?」

「さあ、どうだろ。ここから一番近い交番て、駅前だよなぁ」

冬弥はそう答えたが、先程から繰り広げられているのであろう修羅場に、警察官が駆けつける気配はまだない。

とりあえず呼んでおこうか、と携帯電話を取り出そうとしたのと同時に、男が高校生を蹴《け》り倒した。鈍い音がして、高校生が地面に倒れる。胸を打ったのか、苦しそうに咳《せ》き込んでいた。

その様子に、渓は思わず顔を顰めてしまう。

彼は、それでも逃げようともしないし、抗わない。それが痛々しく見えたし、どうして、と疑問にも思う。

「警察待ってる場合でもないかもな。……俺らで助けに行こうか」

そうぽつりと呟《つぶや》いたのは、いつも割と冷静さのある冬弥だ。

「助けにったって……」

一体どうするんだ、と渓が疑問符を浮かべると、今度は吏貢が携帯電話をしまいながら口を開く。

「……まあ、もしやるなら俺と冬弥が足止めしてる隙《すき》に、渓があの人を連れて逃げる——が、妥当《だとう》かな？」

三人揃って、小学生男子の平均身長より上回っているが、渓は二人よりは若干《じゃっかん》背が低い。運動もそれほど得意ではないので、逃げ足という点では微妙だったが吏貢の案に特に異論はなかった。肉体労働は向かない。

「でも、大丈夫なのか？　多勢って言っても、小学生三人だぞ」

「まあ、大丈夫だろ。うーん。でも癇癪《かんしゃく》玉とかあればなー」

「吏貢、なんだよ癇癪玉って」

「なんかうちの親父がガキの頃遊んだっていう昔のいたずら道具？　火薬とアルミニウムとなんかが入ってて、パチンコとかで飛ばして当てるとパンッてでっけー音が鳴るんだと」

「ないもの言ってもしょうがない。じゃあちょっと借りるぞ吏貢」

冬弥は、三分の一くらいに減った吏貢のペットボトルを奪い、蓋《ふた》をしたあと思い切り男の背中に投げつけた。

それは殆《ほとん》ど放物線を描かずに、勢いよく男の背中に命中する。

「いてっ……」

不意を衝《つ》かれて、男が驚いたようにのけぞる。それとほぼ同時に、吏貢が空き缶を蹴って男の足元にうまいこと当てた。驚いた様子で後ろに二、三歩下がった男は、缶に躓いて倒れ込む。

二人のコントロールのよさに感心しながら、渓はその一瞬の隙をついて殴られていた高校生の元へ走り、腕を掴《つか》んだ。

「ほら、立てよ。行くぞ」

「え……？　あの」

ぼんやりとしている高校生を無理やり立たせ、渓は彼の手を引いて走り出した。

背後で、二人が「誰かー！　おまわりさーん！」と小学生らしい作り声を出して衆目を集めている。

危なくなったら走って逃げろよ、と心の中で声援を送りつつ、渓は走った。

渓よりも上背がある——つまり足が長いはずだが、高校生は随分《ずいぶん》と鈍足だった。

殆ど走っていないというのに、すぐにばてばてになり、渓の手を引いて足を止めさせる。

「待って……も、むり……」

ぜいぜいと息を切らせる相手に、渓も立ち止まった。元来た道に目をやるが、男が追ってくる気配はない。二人の姿も見えないのが少々気にかかったが、上手《うま》くことを運んだはずだと信じることにする。

「……ごめん、ありがと」

「や、別に……」

ふいー、と息を吐き、高校生が顔を上げて笑った。にこ、というよりはふにゃっと変わった表情は、なんだかとても幼く見える。

——……へえ。

そんな様子はちょっと間の抜けた感じがあるものの、間近で改めて見ると、彼は随分と整った顔立ちをしていた。くっきりとした二重は少々眠そうで、目尻《めじり》が垂れた大きな目は優しそうでもあり、妙に色気もある。

——色気ってなんだ。男相手に。

だが、長めの髪がところどころ跳ねていて、やっぱり幼くも見える。それが無造作《むぞうさ》ヘアーと呼ばれるものなのか、それとも単なる寝癖《ねぐせ》なのか、渓には判断できない。

そしてその整った顔は先程の暴力のせいか、口元や目の下に傷が付いていて痛々しかった。

笑い返すこともなくただ見ている渓から、男がふと視線を逸らした。そわそわと、髪や身なりを整え始める。羞恥《しゅうち》を覚えているのか、頬《ほお》が赤かった。

前髪を一房《ひとふさ》、右へ左へ捩《ねじ》りつつ、男は微笑《ほほえ》みかけてくる。

「あの……足、速いんだねえ」

間延びした声は柔らかい。声変わりはしているだろうが、少々高めで、甘く響く。

「別に俺は速いほうじゃないけど……」

「えー？　速かったじゃん。俺ついてくの結構疲れちゃった」

ふう、と胸元を押さえて、男が笑う。それは単にあなたが遅いのでは、と思ったが敢《あ》えて口にはしなかった。

「でも、すっごいかっこよかったよー。ばばんって登場してさぁ。俺、手引っ張られてる間、君がキラキラして見えちゃった」

派手に登場したのはむしろ吏貢や冬弥のほうで、渓はその二人が意識を逸らさせているうちにこそこそと連れ出しただけだ。そう分析すると結構格好悪い。

なんかフィルターかかってないか、と怪訝に思いつつ、渓は男の顔を指さした。

「そんなことよりお兄さん、病院行かなくていいんですか。怪我《けが》してるけど」

「んー？　だいじょぶだいじょぶ」

そう言いながら、男は微《かす》かに顔を顰めた。話していると、切れた唇の端が痛むらしい。

渓は息を吐き、鞄《かばん》からタオルハンカチを取り出した。

「血、出てますよ。……ちゃんと病院行ってくださいね。これなら診断書出してくれるで

しょうから」

そう言って、渓は彼の口元にハンカチをあてた。男が手を添えたので、そのままハンカチを渡してやる。

男はぱちぱちと目を瞬かせて、うわあ、と感極まったような声を出した。

「さっきは正義の味方みたいでかっこよかったけど、こんな風に出来るなんて王子様みたい。かっこいいねえ」

ハンカチを押さえながらぽわんとした様子で言われ、渓は固まる。

――うん。この人、やばい人だ。絶対。電波ってやつだ。

小学生に向かって「正義の味方」だの「王子様」だのと形容する高校生男子が真っ当なはずがない。それが本気であっても冗談であっても、いかがなものか。

関わり合いになってはいけない、と本能が叫んでいる気がする。

しばし固まっていると、背後から話し声が近づいてきた。振り返ると、吏貢と冬弥がこちらへ向かって走ってくるのが見える。

後ろに先程の男がついてきていないので、追われているということではなさそうだ。

走り寄ってきた二人に向かって両手を上げると、二人は勢いよくハイタッチで返してくれた。

「お疲れ。大丈夫だったか?」

渓の問いに、吏貢がピースサインを向ける。

「全然問題なし！　あのあと、人が集まってきてすぐ逃げたし」

「ところで、そっちは？　大丈夫だったのか？」

冬弥が訊《き》くのに、大丈夫は大丈夫だが、今現在は別の問題が浮上してきていることを思い出した。

二人に注視され、男はにこっと笑いかける。

「あ、俺ね、羽吹七水《はぶきななみ》っていうんだー」

脈絡のない会話の運びに、渓は思わず「は？」と返してしまう。

なんでこのタイミングで自己紹介なんだよ、と思っていると、七水はどうやら渓が名乗ってくれるのを待っているらしく、目をきらきらとさせて見つめてくる。

名乗るほどのものじゃありません、と反射的に答えそうになったが、友人二人は空気を読まなかった。

「椿吏貢でーす」

「植村冬弥です」

なんで言っちゃうんだよこの人電波だぞ、と内心焦《あせ》っていると、七水は「そっかぁ、えと……」と言いつつ渓を見つめる。それにつられるように、二人がこちらを見やった。

「渓。自己紹介まだ？」

「けーくんて言うの?」

二人が名乗ったら、こちらも名乗らないわけにはいかない。名前も呼ばれてしまったし、と渋々口を開く。

「ええと……茂永渓です」

「もながけーくん」

年嵩《としかさ》の相手にこんなことを思うのもなんだが、頭の悪そうな発音だな、と渓は内心で毒を吐いた。

「『けー』じゃなくて『けい』です」

渓は、自分の名前を長音で発音されるのが好きではない。

本人以外はどうでもいいところかもしれないが、つい気になって指摘してしまう。七水は二、三度目を瞬かせ、こてんと首を傾《かし》げた。

「けい」

「そうです」

「いー」

歯を食いしばって噛《か》みしめるように発音する様子に、なんだか幼稚園児を相手にしているようだとげんなりする。これが高校生の挙動か。

「どゆ字書くの?」

「渓谷《けいこく》の渓です」

「けいこく？　ってなに？」

あんた高校生でしょうが、と嫌味を言いたくなったが、渓は淡々と説明を続ける。

「さんずいに、カタカナのノ書いてツ書いて夫書いて縦に並べてください」

ふうん、と言いながら、七水は指で空書し始める。本当に合っているかどうかはわからないが、わかった、と言って彼は笑った。

「俺はねー、七個の水でななみ。はぶきは羽を吹くって書くんだよ」

「そうですか。……じゃあ、そういうことで」

行くぞ、と吏貢と冬弥に声をかけ、渓は足早にその場から立ち去る。二人は強引な渓の様子に少々困惑気味だが、有無を言わせぬ渓の迫力に押し黙っていた。

「なんだよ」

だが冬弥と吏貢はしきりに背後を気にしており、数歩進んだところで肘《ひじ》で小突いてくる。

「七水さん、めっちゃ手振ってるぞ」

吏貢の言葉に、冬弥が頷く。二人は後ろを見ながらひらひらと手を振っていた。

「お前も振れば？」

そう言われて後ろを振り返ると、目が合った途端に七水が両手で大きく手を振り始めた。

彼の横をすり抜ける人たちが何事かと目を向けている。

——うわあ……どうなの。高校生であれって。

小学生にしてはまあまあ大人《おとな》びている部類である自覚はあったが、それでも自分より彼のほうが精神年齢は低そうだ。

けれど本人は他人の視線など気にならないのか、ぶんぶんと手を振り続けている。

どうせ今後関わる予定もないからとお愛想で手を振ると、七水は満面の笑みを浮かべたようだった。

すぐに前方に直り、歩みを速める。一つ路地を曲がったところで溜息《ためいき》を隠すように眼鏡のブリッジを上げ、渓は吏貢と冬弥に一瞥《いちべつ》をくれる。

「ていうか、なんで名前教えちゃったんだよ」

名乗らずに立ち去ろうとしたのに、二人が言ってしまったので渓もあんな怪《あや》しげな男に自己紹介をする羽目になった。

そう責めると、吏貢はひょいと肩を竦める。

「知らねえよ。俺たちが強制したわけでもないんだから、自己紹介をするって最終的に判断したのはお前自身だろ？」

さくっと正論で返されて、渓は眉を寄せた。

「別にいいんじゃねえの？　悪い人じゃなさそうだし」

普段はそれなりに警戒心の強さを見せる冬弥も、そんなことを言って吏貢に賛同した。

味方のいない状況で渓が文句ありげにしていると、冬弥は息を吐く。

「ていうか七水さん制服着てたし。ある意味俺らよりあの人のほうが身元はっきりしてるよ」

警戒する必要はない、と冬弥が目を細める。仮に所属がわかっているからといって、簡単に警戒を解くのは思慮に欠けているのではないか。

「はっきりったって、あれってどこの高校？」

「公立の……あの、庚《かのえ》学園の近くにあるとこ」

庚学園は、それなりのレベルの私立高校だ。その周辺にはいくつかの高校が点在しているが、公立高校は一つしかない。

思い至って、渓は首肯する。控えめに表現して、あまり偏差値の高くない高校だ。

七水の言動を思い返し、失礼ながら納得してしまう。

「ていうか冬弥、よく知ってるな」

「知り合いが庚に行ってるから」

「幼馴染みだっけ？」

「まあね。だからまあ、なにかあったら学校に名前言ってチクればいいだけだし」

笑顔で一番えげつないことを言う冬弥に、渓と吏貢は目を合わせて苦笑する。

「ま、七水さんはそういうタイプじゃなさそうだけどね」

「でもなんか色々やばかったよな。殴ってるほうが大泣きしてるって状況が全然わかんねー。その割に七水さんはなんかケロッとしてるし」

「いや、でもなんか……」

冬弥が言い淀《よど》み、思案するように指を唇に当てる。

なにかわかっているのか、と訊いたが、深く詮索《せんさく》するのはやめよう、と結論が出た。

今後関わる相手ではないのだから、あまり首を突っ込むのは好ましくない。冬弥の意見に渓も納得してそれ以上は聞かなかった。


もう二度と会わないだろう、と思っていた渓たちの予想は外れた。

初対面以来、帰り道でいつも七水を見かけるようになったのだ。偶然ではなく、どうも七水はそこで待ち伏せをしているようであった。

目を合わせずに逃げようとしても、「けーくーん！」と大声を出して手を振ってくるので、無視することすらままならない。

ただ、初回に「ハンカチありがとー」と言って、ハンカチとお菓子をくれた日を除いて、七水がそれ以上近づいてくることはなかった。呼びかけに反応するだけで、満足したようにふにゃっと柔らかく笑ってみせるだけだ。そうして渓が通り過ぎるのを、にこにこしながら見ている。

実害が出ていないとはいえ、これはストーカーではないのだろうか。だが万が一にも偶然なのだとしたら、待ち伏せするな、とは自意識過剰な気もして言いにくい。

しかも吏貢や冬弥は他人事《ひとごと》だと思って面白がっているようで、まったく助けてくれない。それどころか、無視して通り過ぎようとした渓を尻目に、七水にわざわざ声をかけにいく始末である。

一番冷たく当たっている渓ではなく、愛想のいい吏貢や冬弥を構えばいいのに、それでも七水は一点集中で渓の名を呼ぶのだ。

たまりかねて「なんでいつもこんなとこにいるんですか。待ち伏せですか」と問い質《ただ》してみたこともある。だがそのときは、

「話しかけてもらっちゃった〜。わ〜い」

という反応が返ってきただけで、全くの暖簾《のれん》に腕押し状態であった。

彼と関わり合いになるのはやめよう。そう毎度決意を新たにするのだが、目に入ると苛《いら》立《だ》ってつい相手をしてしまうのだ。

それは多分、初対面で七水が怪我をしていた、ということもある。日に日に傷が治って

くるのを見るとほっとした。自分が傷つけたわけではなくても、やはり後味の悪いものがある。だから、傷が一つなくなると渓は安堵《あんど》した。

そんなことを冬弥と吏貢に言ってみると、「じゃあ傷がきれいになったら気にならないんだ?」と含みのある声音で返されたが、それはそうだろう、と何故かすぐに肯定できなかった。


「――あれ? 今日、冬弥くんと吏貢くんは?」

塾からの帰り道、いつも通り待ち伏せをしていた七水は、一人で出てきた渓に不思議そうに問うた。珍しく後を追いかけてきて、不安げに顔を覗《のぞ》き込んでくる。

「喧嘩したの? ハブられたの?」

「案外と無礼ですね」

「じゃあどうして一人なの?」

いつもであれば、二人が適当に構うので渓が喋《しゃべ》らなくてもなんとかなるのだが、一対一で黙っていたら無視することになってしまう。渓はしぶしぶ口を開いた。

「……そうじゃなくて、二人は今日遠足だから休むそうです」

「遠足! そっか、小学生だもんねえ。懐《なつ》かしい」

二人の通う学校の開催する遠足はなかなかハードらしく、小学校から十キロほどの場所にある森林公園まで全員で歩くらしい。

復路はバスを使うらしいのだが、帰りは夕方になるため、それから塾に来るのは辛かろうということで前もって休みにしていると聞いていた。

七水は、指を頬に当てて、小首を傾げる。

「えーでも、なんで渓くんは行かないの？」

「なんでって……俺は二人と学校違いますから」

「そうなの⁉」

いつも三人で行動しているので、確かに同じ学校に行っているように見えるかもしれない。

本当は渓の学校は制服があるのだが、塾のときは着用しないようにしていた。

それなりに有名な学校なので、塾にも自慢げに着てくる者もいる。だが渓としては一日中着ていたいものではないのだ。

「渓くんはどこ小なの？」

まるで小学生同士のような会話だな、と思いつつ、「電車で行くようなところですよ」と曖昧にぼかした。

個人情報をあけっぴろげに晒《さら》すのは抵抗がある。渓が学校外で制服を着ない理由は、それだ。

特に誤魔化されたとは思わなかったのか、七水はふうんと相槌《あいづち》を打った。

「そうなんだ。寂しいねえ」

言葉にはしなかったことを見透かすように言われて、渓はぐっと言葉に詰まる。

確かに、二人とは帰りの方向も反対で、微かな疎外感を覚えることもあった。

「……別にいいんです。小学校も一緒だったら楽しかったかもと思わないではないですけど、塾で会えてるし。もしかしたら中学で一緒になるかもしれませんから」

「へー。みんな頭よさそうだもんねえ。一緒の学校になれるといいね？」

悪気なく言っているのだろうが、お友達と仲良く一緒、というのが最大の目的だと言われたような気がして微かな羞恥を覚える。

七水にそこまでの含みはないとわかっているのに、卑屈《ひくつ》な自分に苛立った。

七水は単に、素直なのだ。渓はそうなれない年頃で、だから彼の言動のほうが子供っぽいはずなのに、己の幼さを思い知る。

「……嫌な人ですね」

なんとかそれだけを返すと、七水はきょとんと目を丸くしたあと、表情を曇《くも》らせた。どうかしましたか、と渓が問うよりも先に、七水がくしゃりと顔を歪める。

「嫌って、なんで？　俺なんか嫌われるようなこと言った？」

「は？」

どうして⁉　と身を乗り出す七水に、渓は苦笑した。

本気で嫌いになったわけではないし、図星を突かれて気まずい思いをしたんだ、といちいち説明するのは気恥ずかしさが勝る。

会話のテンポが悪くて、もどかしいような面倒なような気分になりつつも、一周回っておかしくなってしまった。唐突に笑った渓に、七水は少々安堵したのかつられて笑う。

「なに？　なんかうけた？」

「まあ色々と。……あと、別に嫌ってはないですよ」

「本当に？」

きらきらと目を輝かせる七水にいたたまれなくなり、渓は息を吐く。

「……そうですね。じゃあ、俺はこれで」

七水は慌てた様子で「待って」と追いかけてくる。なんだと振り返ると、七水は急に落ち着きのない様子で指をもじもじと動かした。

「あの、あのね、渓くんこのあと暇？」

「暇といえば暇ですけど……」

いつもなら二人と一緒に腹ごしらえをしてから帰ったりするところでもあるが、今日は独りなので真っ直《す》ぐ帰る予定だった。

七水は渓のコートをきゅっと掴んで、小さな子供のように引っ張る。

「あのさ、奢《おご》るから、一緒にごはん食べない？」

「……そんな理由ないんですけど」

一緒に食べる理由も、彼から奢られるいわれもない。

返した言葉に含めてしまった感じの悪さに内心で舌を打ったが、七水にはまったく通じなかったらしく、目をぱちぱちとさせていた。

「えっと、ごはん……」

なんだか小さな子をいじめているような、子犬を見捨てるような気分になり、渓は口を曲げる。

――そんなしょんぼりした顔すんなって……。

結局縋《すが》るような目には逆らえず、首肯してしまった。

「……わかりました。ごはんに行きましょう」

「ほんと⁉」

「でも、奢ってくれる必要はないです。自分の分は自分で払うんで」

渓の家では、同居家族以外の誰かにお金を出してもらったときは、親にすぐ報告するルールになっている。相手に直接礼を言うためだ。そうなると両親と七水が会話をする羽目になる。

——逆に『この人』を見せたほうが親を不安にさせそうだ。この人の場合。

まさか本人にそう言うわけにもいかないので、親に報告するのが面倒だとだけ言って断ると、七水は「ちゃんとしてるねえ」と笑った。

「でも俺、年上なんだから遠慮しなくていいのに。お母さんたちには内緒にしたって別にいいんだし」

「遠慮じゃなくて、ただより高いものはないってことです。奢られたほうがめんどいので、ここは素直に引いてください」

素《そ》っ気なく言うと、わかっているのかいないのか、七水は疑問符を飛ばしながら「で、それは一緒にごはん行ってくれるってことでいいの？」と訊いてきた。

常々冬弥と吏貢には「言い回しがくどい」と言われることがあるが、それにしても七水の場合は理解力に問題がある気がする。

彼に理解を求めるよりも、自分が簡単に話したほうが早いのかもしれない。

「……そうですよ。どこ行きます？　あんまり高いところは困りますけど、どこでもいいですよ」

渓の答えに、七水がぱっと表情を明るくする。

誘われたのはよく冬弥たちと寄り道をするファストフード店で、このまま持ち帰りたいという衝動を堪《こら》えつつ、店内に持ち込む。

二十時過ぎの店内は、いつも通り学生で混雑していた。

禁煙席から離れた場所に席を取っておいてくれた七水が、こっち、と手を振っている。

お互いにポテトとハンバーガーと飲み物、というごく一般的なセットメニューを選んだ。

一緒に食べに来たのはいいが、共通の話題はないし、元々口数が多くはないので、話が弾むだろうかと懸念《けねん》する。

そして七水はというと、いつもなら渓がどんな反応でも話しかけてくる癖に、急に黙り込んでストローを咥《くわ》えていた。

ちら、と対面の渓を見ては、目が合うと何故かびくんと肩を強張《こわば》らせる。それから一瞬視線を外し、ふにゃりと笑みを浮かべるという挙動不審さを見せた。

「なんです？」

「いや、その……なんでもない」

もごもごと呟く七水を怪訝に思いつつも、渓はそれ以上追及しなかった。

——……俺も人懐っこいほうじゃないけど、そっちから会話しないなら誘わなきゃいいのに……。

けれど、無言のままも気まずいので渓は仕方なく口を開いた。

「羽吹さんの得意科目ってなんですか？」

「へ？」

ちゅぽんとストローから唇を離し、七水が心底不思議そうな顔をする。

会話の切り口に得意科目の話をするのもどうかと思ったが、ひとまずそれしか思い浮かばなかったのだからしょうがない。

七水は目をくりんと回して、口元を綻《ほころ》ばせた。

「お勉強できる子っぽい質問だなあ」

「馬鹿にしてます？」

「してないよー。俺と全然違うなって感心してるだけー」

妙に攻撃的になってしまう渓に苛立ちを見せるでもなく、七水はのほほんと返してくる。

性格なのか、大人なのかわからないが、七水と話していると、渓は少々内罰的な気持ちにさせられるなと思った。

「えっとねえ、俺の得意科目は家庭科くらいかなあ」

「家庭科……？」

受験科目でもなんでもないじゃないか、と返そうとして、存外と己が「お受験」に毒されているのだと知って口を噤《つぐ》む。

再度の気まずさに襲われながらも、渓はなんとか「料理とか、好きなんですか」と返した。

「うん、好き。料理もだけど、ミシン使ったり編んだりすんのも好き。あと美術とか、技術とか、手先使うものはなんでも得意で好きかな」

「へえ……」

勉強や運動が得意そうにも見えないが、手先が器用だというのもなんだか意外だ。なんとなく七水は細かい作業などは苦手そうに見えたからだ。

「女子は『被服』って選択科目があるんだけど、男子は選べないんだよね。不公平だと思わない？」

「ヒフクって、なにするんですか？」

「そのまんまだよ。服作るの。浴衣《ゆかた》作ったりして、文化祭で着たりすんだよ。超羨《うらや》ましかったー。サベツだよねー」

家庭科が好きな男、というところに違和感を覚えておいてなんだったが、いまだに性差のある科目が存在するということが意外だった。

体育はともかく、性別によって受けられない授業があるというのは確かに不公平というか差別的かもしれない。

「渓くんは、なにが好き？」

「俺は、算数とか理科とか好きですね」

「へー、変わってるね！」

とても悪気なさそうに暴言を吐かれて、どう返したものかと唇を引き結ぶ。だが己も先程似たようなことを思ったのだからあいこだ、と心中で思い直した。

「国語も社会も好きですよ」

「えー。勉強が好きとか、頭がいい子だよねーやっぱ」

そもそも座学が好きなことが理解できない、とでも言いたげな七水に、渓は頬を掻《か》く。

「算数が好きなんて、人種が違うよ人種が」

「男は割と多くないですか？」

渓もそうだが、吏貢も冬弥も算数は好きで得意な科目だ。

使う記憶容量が小さいので、平たく言えばテスト前にそれほど勉強する時間を割かずに済む最も楽な科目であると言える。

そう説明した渓に、七水はぽかんと口を開けた。

「はー……頭の作りが違うんだねえ」

「……いや、そもそもそういうもんですよ。算数ってのは。数学ほどひねりがない」

「うわぁ、信じらんない。あ、そだ」

七水はちょっと待ってて、と言ってスクールバッグをごそごそと探し始める。

「例えばこれとかさ、渓くんなら解けるんじゃない？」

「これって……」

七水が取り出したのはぼろぼろになった教科書で、表紙に「数学A」という文字が並んでいる。

「……あの、俺まだ一応『算数』の人なんですけど」

塾で中学レベルの数学には触れているものの、高校三年生の数学の問題が、小学六年生に解けるはずがないだろう。そう反駁《はんばく》すると、七水は首を捻《ひね》った。

「でも渓くん頭いいから、わかっちゃったりしない？」

無茶振りするな、と思いつつ、渡された教科書を眺めてみる。

確かに、算数および数学というのは、ある程度の基礎基盤さえあれば教科書を読めば大体わかることが多い。

何故なら、答えともいえる法則などが必ずまとめて書いてあるからだ。

「例えばね、えっとー。この問題とか。かずのほうそく？」

「……これ、『わ』の法則って読むんじゃないんですか？　足し算の答えの『和』ですよね？」

和の法則、と書かれた文章を指でなぞりながら、七水は「そうだったかもー」と首を傾げる。

高校三年生の今の時期にこんなことを言い出している七水のことが些《いささ》か心配になりつつも、渓は教科書を目で追った。

文句は言いつつも、上位の教科書を見るというのは面白いものなのだ。あまり見る機会がないので、実は少々嬉しかったりもする。

「えっと……？　二つの事柄A，Bについて、Aの起こり方がa通り、Bの起こり方がb通りあるとする。このとき、A，Bは同時には起こらないとする。AまたはBが起こる場合はa＋b通り……」

「でね、問題はこれ」

差し出されたプリントの、赤丸のついている部分を七水が指さす。

問題は「大小2つのさいころを同時に投げるとき、出た目の和が10以上になる場合の数を求めよ」だ。

視線を上げると、対面の七水が、とても期待した目で見つめてくる。一応答えらしきものは出したが、念のため七水にも訊いてみることにする。

「羽吹さん、これちゃんと答えわかってます？」

「えっ？」

問いかけに、七水の笑顔が強張る。怪訝に思い、渓はじっと睥睨《へいげい》した。

どうも、自分でもわかっていない問題を出したようだ。渓は息を吐き、プリントを突き返した。

「……解いてみてください」

七水は「ええ～……」と情けない声を上げて、教科書と向かい合った。それからたっぷり五分ほど使い、「12」という答えを返してくる。

「……なんで12？」

渓が言うと、七水の体がびくんと跳ねた。

そんなに怯《おび》えさせるほど怖い声を出しているつもりはないが、七水はまるで教師に睨《にら》まれたかのようにおどおどとしている。

ブリッジを押し上げて見やると、七水はおずおずと己の導き出した解法らしきものを口にした。

「勘？」

渓はがりがりと頭を掻き、プリントの問題文を指さした。

「……問題文読んでます？」

渓の指摘に、七水はきょとんとした顔をした。

「この場合は単に足せばいいだけですよ。答えは六通りです」

「え？　なんで？　単に足すって、なに足したの？」

「ていうか、別に和の法則とかいらない問題です、これ。さいころの目を考えたら10以上になる組み合わせって六個しかないでしょ？」

強引にその法則を使うなら、10になるのが三通り、11になるのが二通り、12になるのが一通りで、合わせて六通りだ。この法則が有用になるのは、もう少し煩雑《はんざつ》な問題の場合だろう。恐らく彼の出した問題は基礎中の基礎の問題に違いなかった。

だが、渓としては限りなくわかりやすく説明したつもりだったのに、七水はぽかんとしている。

「なんで六個ってわかるの？」

「なんでって、えっと……今説明したと思うんですけど……」

しかたがないので、渓はペンを取り出して、テーブルの上のナプキンにさいころの目の和の表を書き出す。

十以上の数字を数えさせ、こういうことですよと言うと、七水は一つ一つ指で確認し、感心したように「ほええ」と奇声を上げた。

「なんでなんで？　こんなの書いてなかったじゃん！　頭の中で考えたの？　どうしてこんなのすぐわかるの⁉」

「どうしてって……」

逆になんでこの程度もわからないんだ、と言うのは口が過ぎるので控えた。

頭の中にあるから、と自分でもよくわからない答えを返すと、七水はしきりに感心したように頷いている。

「ほらー、俺より頭いいじゃん！」

「……頭いいっていうか、本当に頭のいい人って、人にちゃんと教えられる人だと思いますよ。多分」

こういうとき、つくづく自分は教えるのに向いていない、と渓は内心で苦笑する。解法を訊かれ、計算式を抜かしていきなり答えを書いてしまうことも度々あって、場合によっては減点されることもあった。

常にそんな解き方なので、クラスメイトなどに訊かれても「わかりにくい」と不満を言われることも多い。

冬弥は渓と似たようなセンスだが、吏貢は教授もうまい。

説明がわかりやすいので、七水も吏貢に訊いたほうがいいのではないか、と言いかけて、七水の歓声に阻まれた。

「あーよかった！　俺、明日ここ当たるんだよねー！」

「はあ？　駄目ですよ自分で解かないと！」

小学生に宿題をやらせるなと文句を言うと、七水は笑って誤魔化した。

「だって、もう答えわかっちゃったし。それに、こんなん間違えたらマジで怒られるし俺」

こんなの、という割には盛大に間違えていたことを七水は棚《たな》に上げた。

「そんなに厳しい先生なんですか？」

「や、そういうことじゃなくって。数Aって一年生のときにやってる授業だからー、三年になって今更わかんないとか言ったら絶対怒られる」

なんだかとんでもない科白を聞き、渓は眉を顰める。

「え……？　一年のときの授業今やり直してるんですか？」

「やり直してるんじゃなくて、選択授業でもっかいやれるの」

曰《いわ》く、三年生には選択授業がいくつかあり、数学Aはそのうちの一つだそうだ。

つまり、他の重要科目に集中できるよう、授業内容が平易で負担にならずに単位が取れるサービス科目ということらしい。

まずそんな発想がなかった、とある意味感心してしまう。

「でもそんなに数学わかんないのに、なんで取ったんですか」

「え？　赤でも単位もらえるからだよ」

サービス科目ならでは、ということなのか、出席日数と提出物で、赤点ラインの補完をしてしまうのだそうだ。

つまり、間違いだらけだろうとなんだろうと課題を提出し、平時の出席とテストの出席さえしておけば単位取得が可能らしい。

「イージーモードすぎるでしょう、それは」

「えーでも、だから、間違えるとすっげ怒られる」

それくらい怒られておいたほうが本人のためである気がする。

小学生に恥ずかしげもなく宿題をさせるところも不安を覚えるが、あと二年も経《た》ったら眼前の男が法的に大人になるのかと、そちらも空恐ろしい。

「ところで羽吹さん」

「なーに？」

「九九くらいは大丈夫ですよね？」

半《なか》ば冗談で訊いてみるが、七水はにこにことするばかりで返答しない。

「……まさか？」

「いや、流石《さすが》の俺も九九くらいは大丈夫！　……七の段と三の段が怪しいけど」

念のため言わせてみると、三の段はクリアしたが、七の段はどうにかこうにか、という体《てい》だった。

高校生にもなって加減乗除が怪しい人間がいるのか、と渓は戦慄《せんりつ》する。

「……よく落第しませんでしたね」

「うん。うちの高校は出席さえしてりゃ進級できるから」

なにより驚いたのが、そんな七水でも成績でいえばビリではない、というところだ。得意科目が全然ないというわけではないのである程度は補われているだろうが、それでもびっくりだ。そういうのは都市伝説のようなものだと思っていた。

赤点を逃れるためではなく、満点を取るために勉強している人間に囲まれてきた渓にとって、七水のような人間はカルチャーショック以外のなにものでもない。

ただ、彼を見下すような気持ちにならなかった自分に安堵した。

そんな渓を、七水は頬杖を突き、目を細めて眺める。睫毛《まつげ》の長い、少々眠そうな目にどきりとする。

——……なんか、この人の目って……落ち着かない。

普段は妙な電波を飛ばしているのに、黙ってふとこちらを見つめる瞬間、その目が急に知らない人のもののようで戸惑うことがある。

心が乱れそうになっていると、七水が唇を薄く開いた。

「渓くんは、俺のこと馬鹿って言わないいんだね」

「……そりゃ、人にそんな暴言吐けるほど賢いつもりもないですから」

全く脳裏に過《よぎ》らなかったとは言わないが、年長者相手に面と向かってそんな暴言を吐くのは躊躇《ためら》われる。

寧《むし》ろ、七水がちょっとそれを気にした風なのが意外だった。

己のマイナス面というのは、たとえそれが事実であっても——事実であるからこそ人に指摘されると傷つくものなのかもしれない。

「でも俺、ほんとに馬鹿だし、よく言われるよ」

「へえ、じゃあよっぽど賢いんですね。その人」

あからさまに馬鹿にした表現だということは伝わったのか、七水はおかしそうに笑った。

「あーあ。渓くんが彼氏だったらいいのに」

ぽつんと呟いた七水に、渓は目を瞬かせた。それを言うなら『彼女』だし、そもそも男同士ではないか。

「なに言ってるんですか。お断りですよ」

渓の返しに、七水は何故かひどく驚いた顔をしていた。

「……どうしたんですか？」

「え？　あ、いや……あの、なんか普通なんだね。渓くん」

「どうせ普通です」

急になんだと顰め面を作った渓に、七水は「そういうことじゃないよ」と言いながら力なく笑った。

ぽんと頭に花が咲いたような七水の笑顔は、慣れれば決して嫌いではないが、誰彼構わずに懐くような相手が恋人では、随分と気を揉《も》みそうだ。

女子高生に置き換えてみても、七水みたいなタイプでは付き合っていくのは難しそうだ。それに、年上ならば年上なりの行動を心掛けて欲しい。宿題を小学生に訊《たず》ねる高校生など、ちょっと情けなさすぎる。

渓は見栄《みえ》っ張りなので、七水のような恋人を得たら嫉妬《しっと》しつつも顔に出さないように気を張るに違いない。それを伝えもせずにただ苛立って、ふとしたときに冷たく当たってしまうだろう。

——なにを真剣に考えてるんだ、俺は。

はたと気が付いて、内心苦笑した。

そんな失礼なことを考えているとはきっと思いもよらないだろう、七水はストローを噛みながらやけに嬉しそうに渓を注視している。

一度なんとなく視線を外したら、何故かその後、七水と目を合わせられなくなった。

だらだらと食事を済ませ、流されるまま携帯電話の番号とメールアドレスを交換し、その日は別れた。

そして、自室に戻って鞄の中を確かめたときに、うっかり七水の教科書を持ってきてしまっていたことに気が付く。

幸か不幸か連絡先は知っていたので、渓は慌ててメールを打った。すると、七水からは「いつでもいいよー」という能天気な返事が届く。

——教科書が手元になくていいってことはないだろ……。

面倒になったので、渓は七水の番号に電話をかけた。一度のコール音で、七水が電話口に出る。

『はーいー?』

「……渓ですけど」

七水は「うん知ってるー」とやけに嬉しそうな声を上げた。

なんだか調子が狂う、と溜息を吐きながらも、渓は話が長引く前に用件を切り出す。

「すいません。数学の教科書、俺が間違って持って帰ってきたみたいで。明日授業あるんなら、ないと困りますよね」

『えー！　全然だいじょぶだよー。宿題のプリントはあるしー、教科書なんてあってもなくてもあんま変わんないもん』

「……そんなわけないでしょう」

名も知らぬ数学教師に同情し、渓は息を吐く。

今から届けに行きましょうかと申し出たが、もう夜遅いから駄目、と七水は珍しく年上らしいことを言って渓を窘めた。

「じゃあ、明日も来ますか？　そのときにお渡ししますけど」

明日は木曜日で塾のない日だが、塾のある駅まで届けに行くことは吝《やぶさ》かではない。

『ん、明日ね！　わかっ……』

七水の言葉が途中で途切れる。

「……羽吹さん？」

電波が悪いのだろうか、と思いつつ問いかけると、ようやく七水が口を開く。

『えっと、やっぱり、ごめん。明日と……明後日はちょっと予定があって行けないんだ。折角気にしてくれたのに、ごめんね』

珍しい返答に、首を捻る。

七水は用もないはずなのに、渓の塾のある日は殆ど皆勤と言っていいほど姿を見せていたのだ。急にどうしたのだろうと思ったが、七水の躊躇《ちゅうちょ》する雰囲気に、プライベートまで首を突っ込むのはよそうと思い直す。

「いや、別に謝ることじゃないですけど」

高校生ともなれば予定も沢山《たくさん》詰まっているだろうし、寧ろ今までが異常だったのだと、殆ど気には留めなかった。

「んーと、じゃあどうしますかね……」

月曜日にでも、と言いかけた渓の科白を奪うように、七水が「あの」と声を上げる。

「はい？」

『あの……渓くん土曜日は時間ある？　なにか予定あるかな？』

「……土曜日、ですか？」

いつも友達と適当に遊んだり、自室でまったりと過ごしたりする程度で、大概予定は入っていない。だから特に断る理由もなかったが、答えに逡巡する。

『駄目、かな？　あ、駄目だよねやっぱり。土曜日くらい俺の顔見たくないよねーあはは』

あっけらかんと、だがネガティブなことを言う七水を、少々怪訝に思う。

彼は普段、こんな露悪的な言い方をしていただろうか、となんとなく気にかかった。

「別にそんなこと言ってないじゃないですか。勝手に決めないでくださいよ」

なんでこんな言い方しかできないんだと少々自己嫌悪に陥りつつも告げると、七水が電話の向こうで口を噤む気配がした。

「……別にいいですよ。土曜日、お届けします。場所は塾の近くでいいですか？」

『あの、もしよかったら俺んちに来ない？』

「羽吹さんの家って……？」

聞けば、七水の家は塾の最寄駅からほど近い場所にあるらしい。

わざわざ遠くまで歩かなくてもいいならそれはそれで、と渓は快諾した。

『ほんと？　じゃあ、土曜日に改札の前で待ち合わせでもいい？　迎えに行くから！』

なにも、迎えに来なくても住所さえ教えてもらえば地図を検索して行けるのだが。

そうは思ったけれど、七水がやけにはしゃいでいるので、無下に断ることもできなかった。

待ち合わせ時間を十一時と決め、電話を切る。渓は携帯電話の液晶画面を見ながら首を傾げた。

切る間際に「土曜日まで頑張《がんば》れそう」と大袈裟《げさ》なことを言った七水を思い出す。

「……テンション高いなあ」

今まで友人は何人もいたけれど、渓の性格的に、こんなに「懐く」と言っていいような好かれ方をしたことはない。七水にどうしてこんなに好かれたかも、わからなかった。

いわれはよくわからないものの、悪い気はしない。

ふっと頬を緩め、渓は携帯電話を鞄に突っ込んだ。


よくよく考えれば、駅で教科書を渡しておしまいでもよかったんだな、と渓は七水の家に着いてから気が付いた。

単にボケていたというよりは、それよりも他のことに気を取られたせいだ。

二日ぶりに会った七水の顔にはまた傷が増えていた。口の端に瘡蓋《かさぶた》ができ、頬骨のあたりが青くなっている。

その容貌にぎょっとしつつも結局なにも言い出せないまま、のこのことあとをついてきてしまった。

「どうしたの？」

玄関から先に進まない渓に、七水は振り返って目を瞬く。

だが今更「じゃあここで」というわけにはいかない。十二時前にはお暇《いとま》しようと心に決めて、渓は「おじゃまします」と会釈《えしゃく》をした。

七水の家は駅から五分ほどのところにある、木造の小さな二階建てだ。それほど敷地は広くないが、庭と縁側のようなものがついている。少々古い感じはしたが、家人の手入れが行き届いているせいか生活感のある綺麗《きれい》な家だ。

促されて中へ入ると、年嵩の女性がぱたぱたと奥からやってきた。七水の母親だろうか。目が合うと、その女性はにっこりと笑った。その顔が七水にそっくりで、血脈を感じさせる。

「いらっしゃい、どうぞどうぞ」

「こんにちは。おじゃまします。茂永といいます。あの、すみません。これつまらないものですが」

「あらー。どうもねー」

友達の家に遊びに行く、と言ったら母親にポテトチップスやクッキーを渡された。

おもたせにしては少々微妙なところだが、小学生なので許容範囲というところか。彼女はにこにことしたまま渓を促した。

「いつまでも玄関にいないで、あがってあがって。今お茶出すわね」

頭を下げて入ると、靴箱の上には紙粘土で作ったと思われる、ゲームのキャラクターを模した人形が置いてあった。オフィシャルが作ったのかと思うくらいに出来がよく、可愛《かわい》らしい。

七水の作ったものだろうか、と眺めながら靴を脱ぐ。

「渓くん、こっちー」

七水は階段のほうではなく、居間に渓を引っ張って行った。

こういうときは普通、自室に案内するものではないのだろうか。そんなことが若干気になりつつも、部屋に暖房器具がないと聞いて納得した。

炬燵《こたつ》とストーブのある居間は随分と暖かく、勧められるままに足を入れる。じわりと痺《しび》れるような感触に、渓は息を吐いた。

「炬燵って、すごく久しぶりに入ったかもしれないです」

「え？　渓くんち炬燵ないの？」

「うちはエアコンだけですね」

両親の実家には炬燵があった気がするが、暫《しばら》く遊びに行っていないので、最近は殆ど触れ合う機会がない。

そう言うと、七水はほえー、と間の抜けた相槌を打った。

そんな話をすることが目的ではなかったと、渓は鞄から教科書を取り出す。

「はい、忘れ物です」

「あ、ごめんね。ありがとねー」

七水は教科書を受け取り、すぐにテーブルの端へ寄せた。

本当にどうでもいいかのような扱いに苦笑しつつ、「じゃあこれで」と鞄を抱えなおす。

「ええ⁉　もう帰るの？」

「えっ、そうなの？」

七水が声を上げ、それからすぐに台所からやって来た家人も同じことを言った。

「えっと、教科書届けに来ただけなので、お構いなく。羽ぶ……七水さんのお母さん」

そう言うと、彼女はきょとんとして、それから「きゃー」と歓声を上げた。

「あらやだ！　お上手ねえ！　あたしはこの子のおばあちゃんよ！」

でも君枝《きみえ》さんて呼んでくれると嬉しいわ、と七水の祖母——君枝は笑った。

確かに母親にしては少々年嵩のような気もしたが、高校生の孫がいるような年にも見えなかった。若作りをしているわけではないだろうに、女性に対して失礼だとは思いながらも、おいくつですかと訊ねたくなる。

「ばあちゃん、お世辞だよお世辞」

「わかってるわよ！　じゃあ、渓くん、ごゆっくり」

君枝はお茶のセットを乗せたお盆を置き、ご機嫌な様子で退散していった。

ちょっと驚いた。七水も似た顔立ちだが、年を取ったらあんな風に年齢不詳な感じになるのだろうか。

七水は息を吐き、湯呑《ゆの》みを渓に渡す。

「渓くんもお世辞とか言うんだねー」

「いや、お世辞とかじゃなくて……若いですね。うちの祖母より若く見えます」

本気でそう言ったのに、七水は意外とタラシの素質があるんだねえとわけのわからないことを言った。

「ていうか、さっき俺のこと『七水さん』って言ったね」

「だって、君枝さんも羽吹さんですし」

言いながら、渓は出された茶を啜《すす》る。急須で出された茶は少々ざらついた。普段ペットボトルの緑茶飲料しか飲まない渓には慣れないが、味はとても美味《おい》しい。

「なんで今日初めて会ったばあちゃんは『君枝さん』で俺は『羽吹さん』なの？　ずるいよ～。七水って呼んでー」

狡《ずる》いと言われても、と渓は顔を引きつらせる。吏貢や冬弥は初対面から七水さんと呼んでいたが、渓は特に親しくもない相手をファーストネームで呼ぶ気安さを持ち合わせてはいない。呼び捨てなんて以《もっ》ての外《ほか》だ。

そんなことを言ったらますます臍《へそ》を曲げそうだし、現状でも七水がぶすっとしているので、そんな重要なことかと思いつつ、渓は息を吐いた。

「……じゃあ、せめてさん付けで」

渓が承諾すると、七水はぱっと顔を明るくする。それからえへへと笑ってテーブルの上の菓子を渓の前に並べた。随分と簡単に直る機嫌に脱力する。

等閑《なおざり》に礼を言いつつ、周囲を見渡すと、部屋の中には手作りと思《おぼ》しきものがたくさんあった。

テレビ台の周りや、床の間周辺に飾ってあるのは毛糸で編まれたぬいぐるみで、様々な色や形のものが置かれている。

炬燵の横には、洗濯籠のような入れ物の中に毛糸玉が一杯詰め込まれていた。

既製品のように見えるが、毛糸が山と積まれているのを鑑《かんが》みるに、これらは手作りなのだろうか。

「……ああいうのって、手作りなんですか？」

何気なく問うと、七水は首肯した。

「そうなんだ。すごいですね。君枝さんが作ってるんですか？」

「あ、ううん。あれは俺が作ったの」

「え？　あれ全部ですか？　すっげえ！」

つい砕けた口調になってしまったが、七水は気にした様子もない。

渓はあまり受験科目以外が得意ではないし、渓の母親もこういうものを作ることが出来る人ではないので、彼の手先の器用さに素直に感心してしまった。図工の時間も真面目には取り組むものの、あまり結果が出せないので苦手な教科だ。

売りものみたい、と言うと、七水はポッと頬を赤らめる。

「じゃあ、渓くんに褒められたいから、アピールしよっと」

毛糸玉の入った籠をずるずると引き寄せ、籠の中から編み針と緑色の毛糸を手に取る。耳かきのような形をした棒に毛糸を巻きつけて、七水は物凄《ものすご》いスピードでなにかを編みはじめる。

「すげー……けど、なに作ってるんですか？」

ぐるぐると、忙しなく動く指を眺めながら問う。

「さてなんでしょう」

ちょっと待って、と注視していると、徐々に形ができてくる。円柱のような形のものを作って、一旦糸を切り、更に似たようなものを編み始める。いくつかのパーツが出来上がったところで、それがぬいぐるみだとわかった。

「わかった！　ぬいぐるみ」

「せいかーい。あみぐるみでーす」

言いながら、またしても手際よく、七水が編み上げたもののなかへ綿を詰めていく。綿を詰めるとよりぬいぐるみらしくなった。あっというまに目を付けて、クマのあみぐるみが完成する。

「こういうのって設計図とか見ないんですか？」

「同じの何回も作ってるから、編み図はいらないかなぁ。慣れてくると自分で調整して作れるようにもなるし……はい、これあげる」

「え、な、なんで？」

完成品を手渡され、渓は目を剥《む》く。ちょっと欲しいな、と思ったのは確かだが、まさか本当にくれるとは。

「褒めてくれたから、お礼」

「……えっと、じゃあ。いただきます」

ちょっと間の抜けたバランスの顔をしたぬいぐるみは、緑色によく映える、白色の毛糸のリボンが付いている。どことなく七水に似ているような気がした。

まるで売り物のような出来栄えと手の速さで、実際に需要自体はあるのではないかと渓は思う。

「凄《すげ》えなあ……こういうの作れるの。得意ってのは前に訊いてたけど。同じ人間じゃないみたいだ」

素直に褒めた渓に、七水は本気で照れたらしく、顔を真っ赤《か》にしている。

「七水さん？」

「あうう……あの、も、もう褒めるのいいです。ありがと」

七水は赤くなった頬を手で押さえている。年上の男なのだが、それが可愛らしく見えて、渓は笑った。

「こんなに上手ってことは、将来はそっち方面に進むんですか？」

きっとほかの裁縫も得意なのだろうとなにげなく質問をすると、七水は手を振って否定した。

「いやいや～。副業的にやるのはいいかもだけどね。でもこれ一本じゃ難しいから、本業にはしないかなあ」

「そうなんですか？」

そうなんですよ、と七水が頷く。

「それより俺ね、将来は介護ヘルパーさんになりたいんだぁ」

「……ヘルパー？」

またしても意外で、渓は鸚鵡《おうむ》返しに問い返してしまう。

失礼ながら、将来のことを具体的に考えているとは思わなかったのだ。

「えっと、介護福祉士ですか？」

「介護士じゃなくてヘルパーさん。俺が介護士になれるわけないじゃん！　知ってるでしょ。ちょー頭悪いもん俺。試験もそうだけど、まず学校に受かる気がしない」

そんなこと堂々と言うくらいなら勉強をしたらどうかと思うのだが、先日の宿題の件を考えれば不用意な発言はしにくい。

「ヘルパーさんにならなれるんですか？」

疑問に思って言うと、七水は眉を下げて情けない顔を作った。

「そう、聞いてよ～！　ちょっと前まではヘルパー二級って無試験だったんだけど、今は試験ありになったんだよ！」

受かる気がしないよう、と泣き言を漏らす七水に、渓は息を吐く。

「じゃあ、勉強したらいいじゃないですか」

「だって俺ばかだもん」

「自覚しているなら、必死に勉強すりゃいいでしょうに」

甘えたことをぬかすな、と切って捨てると、七水はうわーんと泣き真似《まね》をした。

「わかってるしそんなの！　頭のいい人にはわかんないよ俺の気持ちは！」

「それ以前に、俺はまだ小学生なので高校生の進路の悩みはわかんないです」

確かに小学生の中では頭がよい部類であるという自負はあるが、成績はともかくとして、知識そのものは渓より七水のほうが有しているはずだろう。

そう言うと、七水は首を振った。

「そんなことないよ！　俺よりきっと渓くんのが物を知ってる！」

「そんなこと堂々と言い切らないでくださいよ……」

情けなくはないのか、と思いはしたが、先日の数学のやりとり一つをとっても、確かに七水の知識量は足りないかもしれない。

人生経験は勿論七水のほうがあるのだろうが、学問に関してはもしかしたら自分のほうが、と今は思わないではない。

七水は頬を膨らませ、眉を寄せる。

「俺のことはいいよ。渓くんは将来なにになりたいの？」

「ええと……」

改めて訊かれると返事に困ってしまい、渓は思案する。

「一杯勉強してるんだもん。お医者さん？　弁護士さん？　宇宙飛行士？」

「宇宙飛行士は目が悪いからなれないですけどね。あれって確か矯正視力だけじゃなくて裸眼で〇・一以上ないと駄目なんじゃありませんでしたっけ」

「そうなの？」

そもそも、運動も大得意というほどではないので、相当な身体能力や体力を要すると思われる宇宙飛行士や医者は無理だ。弁が立つほうではないので、弁護士も選択肢《し》にはない。消去はできても、渓はそもそもこれといった将来の目標があるわけではなかった。勉強は確かに楽しいけれど、それほど先を見据えて勉強しているわけではないのだ。

それは恐らく、クラスメイトや塾生の殆どが同じようなものだろう。

全く指標がないわけではない。

このまま中学、高校、大学と進学していき、ゆくゆくは大学の派閥《はばつ》に適《かな》った会社に就職する、というのが目標とも言えるかもしれない。

だがきっと、そういうのは夢とは言わないのだ。

「……そういう七水さんは、なんでヘルパーさんなんですか?」

答えの代わりに、渓は問い返す。

「テスト受けなくていい、っていうのは後付けでね、うち、いま、ばあちゃんと二人暮らしだからさ」

「え」

土曜日で人が出払っているだけかと思ったが、他に住人がいないという話に少々驚いた。

両親はどうしたのか、と訊くより先に、七水は続ける。

「そうすると、いずれ介護しなきゃなのは俺でしょ? 俺馬鹿だからさ、ばあちゃんが足腰利かなくなったときとか、いざってときになんかヘマすんじゃないかって。だったらもう、そっち見据えて仕事しようかなって」

どうせ今のままじゃ真っ当な職に就けるとも思わないし、と案外ヘビーな事情を暴露しながら、七水は笑った。

「でも、君枝さんまだ全然そんな年齢じゃないですよね？」

「うん、まあいますぐってわけじゃないけど、そのうち絶対くる日じゃない。こんなこと言ったらばあちゃん怒るけどさ。和裁とかの学校行けって言ってくるし」

高校三年生のほうが「将来」が差し迫っている状態なのだから当然だが、七水は意外にも具体的に将来を考えている。

小学生だからまだいいだろうと言われるかもしれないが、明確な目標がないことが、少し恥ずかしかった。

——俺、そういうの真剣に考えたことない、かも。夢を持つとか、そういうのないかも。

そんな思いが顔に出たわけではないだろうが、七水は渓の頭をぽんぽんと撫《な》でる。

子ども扱いにちょっとむっとしたが、実際にそれは間違いでもない。

「小学生だと夢があるよねえ」

沢山あって選べないのと、もともと指標がないのでは大きく違う。渓の場合は後者だ。

「夢なんて、別に」

「なくても、渓くんは沢山選べるよ。頭がいいってのもそうだし、今まだ小学生だってのもそうだし。俺ね、やっぱし勉強は必要なんだなーって思うよ」

「……なんですか、急に」

苦笑すると、七水は指を唇に押し当て、考えるような仕種《しぐさ》をする。

「小学校とか中学校のときとかはさ、あんまし気にしてなくて。ていうか、こんなの生きていく上でなんの役にも立たないじゃんって思ってたんだ」

渓の周囲には、そういう不毛なことを言う人物はいない。

恐らく、なまじ勉強ができるため、「なんのために」という疑問すら抱かないのではないだろうか。

「でもさ、なりたいものになるためには必要なんだよね。日常生活で必要かどうかじゃなくて、学校に入るために要る。つまり夢を叶えるために必要なんだから、お勉強はやっぱりしたほうがいいし、できたほうがいいんだと思う」

当てもないまま勉強することに疑問を覚えてしまった渓には、七水の科白が入ってこない。

「そういうものですか？」

「そうだよ。じゃないと、なりたいものになれないってレベルじゃなくて、俺みたいになんにも選べなくなっちゃう。日常生活には使わないけど、日常生活をちゃんと年取るまで過ごすためには、やっぱり必要じゃない勉強なんてないんだと思うよ」

それがわかっているのなら本人も勉強をすればいいのに、と思わないわけではない。けれど、運動が得意だったり手先の器用だったりするのと同じで、人には素地というものがあるのだろう。

「……まあ、だったら俺も勉強しろって話なんだけどねー」

ちょっと語っちゃった、と破顔する七水に、渓は同じように笑い返すことができなかった。急に饒舌《じょうぜつ》になったのは、七水の言葉は経験則でもあり、渓が少々落ち込んだ様子を見せたから慰めてくれている、ということもあるのだろう。

——こういうのって、俺ら子供じゃ難しいんだよな。

あまり成績はよくないのかもしれないが、こういう風にちょっと気が軽くなるようなことを言ってくれるのは、彼の長所だ。それに比べれば自分は小さい。体も年齢も心も。

「……俺、七水さんのそういうとこ、好きだよ」

何気なくそう言うと、七水は一瞬固まった。その後、茹《ゆ》であがるように顔が真っ赤になっていく。

「な、なに言って……」

本気で照れる彼に面白くなって、だが顔には出さずに渓は言葉を重ねた。

「ちょっと子供っぽいって思うこと多いけど、こうして話してるとちゃんと『俺より年上なんだな』って思うところもやっぱりあって。そういうの、いいなって思いますよ」

「ど、どっちが……！」

大人をからかうんじゃありません！　と窘めるように言うが、上ずった声のせいで、動揺は全く隠せていない。

そんな彼が可愛く思えて、渓は吹き出した。

「子供」

渓の言葉に、七水は一瞬言葉を詰まらせたあと「どっちなんだよー！」と喚《わめ》いた。

頬を膨らませる彼に笑いながら、この空気なら訊けるかもしれない、と渓は先程からずっと気にかかっていたことを切り出す。

「あのさ、七水さん」

「うん？」

「今日会ったときからずっと気になってたんだけど……その傷、どうしたの？」

渓の指摘に、七水の目が気まずげに揺らいだ。七水は、口元の傷を隠すように指で触れる。

もしかして、この間の男だろうか。そう問いかけるよりも早く、七水が口を開いた。

「――転んじゃったぁ」

えへー、といつもの能天気そうな声で七水が笑う。誤魔化しているのなんてありありで、そんなことで騙《だま》されるとでも七水は本気で思っているのだろうか。

「……そう」

己の心が、冷水でも浴びせられたように急速に冷えたことを自覚する。先程までなんだか和やかな雰囲気だったし、七水が自分をすごく気に入っているような気がしていたから、話してもらえるかと高を括《くく》っていた。

言いたくないのなら無理に訊かないし、黙って騙されてやるふりだってできる。だけど、ショックだった。

——どうせ俺には、関係ない話だもんな。

客観的に見れば納得できるのに、苛々とした気分になって渓は眉根を寄せた。目尻を下げてこちらを見やる七水に段々と腹が立ってきて、腰を上げる。

「渓くん？」

不思議そうな声を出す七水のほうを見もしないで、渓は鞄を手に取った。

「俺、帰りますね」

「え……あの、渓くん？　なにか怒った？」

微かに引きつったような声を出す七水に、渓は応えなかった。

七水を見られない。今、とんでもない顔をしている気がする。そんな自分の面貌を見られて、七水がどう思うかなんて考えたくもない。

「ぬいぐるみありがとうございました。さよなら」

それだけを伝えて、渓は荷物を手に七水の家を飛び出した。足早に駅へ向かい、ふとショップのウインドーに映った自分が視界に入る。

——なんだ、この顔。

いままで見たこともないような顔をしていた。焦っているようにも、憤《いきどお》っているようにも、泣きそうにも見える。

その感情に名前を付けることを放棄《ほうき》して、渓は胸元を押さえつつ息を吐いた。


七水と一緒に食事をしたり、土曜日には家まで遊びに行ったりしたことを、渓は吏貢と冬弥に言えないでいた。

あまり好ましく思っていなかった相手と出かけるほど寂しかったのか、などと吏貢あたりに揶揄《からか》われそうな気がしていたからだ。

それでなくとも、金曜日には出会い頭に「俺らがいなくて寂しかっただろ?」などと嘯《うそぶ》いてきた。

二人きりでなにを話していたのだ、と突っ込まれたら、答えに窮してしまうというのもある。先日のことは自分でもうまく整理がつけられなかったから訊かれても困るし、それに、掌返《てのひら》しと冷やかされそうで躊躇ったのだ。

だがいくら渓が黙っていたところで、七水の口からばれるだろう。

月曜日、ちょっと陰鬱な気分で塾から帰途へつくと、いつもいる場所に七水の姿がなかった。

「あれ？　七水さん、どうしたんだろうな」

「七水さんからなんか連絡ねーの？　俺らんとこにはメール来てないけど」

「……別に」

この間まであまり気にしていなかった『七水さん』という呼び方に、何故か引っ掛かりを覚える。おまけに、いつの間にか二人とも連絡先の交換を済ませていたらしい。

水曜日に交換してから今まで七水がここに来ることはなかったので、あきらかに渓より先に知っていたということだろう。

渓に一番固執しているようだったのに、連絡先は吏貢と冬弥のほうが先に教え合っていたようだ。

「なーにむくれてんだー？　渓」

吏貢がにやにやとしながら絡んでくるので、思い切り押し返してやった。

まるで自分が妬《や》いたり拗《す》ねたりしているように演出するのはやめてほしい。そう心中で文句を言いながら、心持ち足を速めた。

「あれ？　なんか騒がしくねえ？」

ほら、と冬弥が指を差した方向は、確かに不自然に人が避けるように動いていた。

なにかあるのだろうか、と怪訝に思ったのと同時に、男の怒鳴り声が聞こえる。

「……なんかでじゃぶー」

吏貢が言うように、確かに似たようなシチュエーションに覚えがある。

嫌な予感がしてそこへ足を向けてみると、路地裏で再び七水が男と口論していた。

「……なにしてんだよまた……」

相手はまた同じ男だった。

「めんどくさいから……とりあえず叫んどくか？」

吏貢の提案に頷こうとした瞬間、男が七水に手を挙げた。示し合わせたわけでもないのに、三人一緒に声を揃えて、

「おまわりさーん！　こっちでーす！　人が殴られてまーす！　喧嘩でーす！」

と声を張り上げていた。

ぎゃあぎゃあと、ちょっとわざとらしいくらいの子供声で叫んでいると、男は七水を突き飛ばし、慌てて路地裏から出てくる。

渓たち三人を睨みつけながら、「またお前らか」とでも言いたげな顔をしてそそくさと逃げて行った。

「まーたあいつかよ！」

吏貢が中指を立て、冬弥も顔を顰める。

「——あの男も制服とか着てりゃ、通報のしようがあんのにな」

「学生証とか社員証落としてってないかな」

ご都合主義なことを言う冬弥に、渓は眼鏡を押し上げて嘆息する。

「ないだろ。……ていうか、なにをやってるんですか。七水さん」

やってる、というか、やられてるというのが正しいだろうか。

地面に座り込んだままこちらを見上げる七水に、渓は手を差し出した。

ぼけっとしていたらしい七水が、びくりと体を引いた。

「え？　あの……立てます？」

差し伸べた手がいつまでも取られないのでそう声をかけると、七水は何故か少々躊躇いがちに渓を見上げた。

「……渓くん？」

いつもなら「うわ～いありがとう！」と言ってすぐさま手を取りそうなものなのに、七水は全く身動《みじろ》ぎしない。そうして、渓の手を取らずに自力で腰を上げた。

差し出したはいいものの、行き場をなくした手が虚《むな》しい。無視をするなんて、どういうつもりか訊こうとすると、それを遮るように七水が渓たちに向き合った。

「また助けてもらっちゃった。ありがとね」

「いいえ」

「どういたしまして」

七水は、吏貢と冬弥に向かってぺこんと頭をさげる。

いつもはふわふわとしながらもそれなりにまとまっている髪が、男に乱暴に扱われたせいか、ひどく乱れていた。

つい手櫛《てぐし》で整えてやると、七水が頬を緩めた。なんだかそれが痛ましく見えて、渓は目を眇《すが》める。

「そもそも、あいつなんなんですか。七水さん」

もう顔はおぼろげだが、泣きわめいて暴力を振るうというところ以外は特徴的なものはなにもない、平凡な成人男性だった。

「えっとね。宮良卓也《みやらたくや》っていうの」

一瞬なんのことかわからなかったが、どうやらそれが相手の名前らしい。

だがこちらが聞きたいのは名前ではなくて、相手の素性《すじょう》だ。

誤魔化しているというよりは本当にボケているらしいので、渓は更に問い質した。

「ええと……そういうことではなくて。名前は名前でいいんですけど。あいつ……その宮良って男は七水さんのなんなんだってところですよ。二人は友達ですか？」

簡単に言いなおした渓に、七水はぽんと手を叩《たた》く。

「あ、そういうこと？」

「そういうことです」

テンポの悪さに苛立ちつつも、なんとか堪えた。七水はえっとねー、と頭を掻く。そして、ちらちらと渓を気にしながら、躊躇いがちに口を開いた。

「あいつねー、その……実は俺の元恋人なんだー」

「……は？」

予想もしていなかった答えが返ってきて、渓はつい反射的に声を上げてしまった。

冬弥と吏貢は顔色も変えていないというのに、うっかり動揺してしまったのが少々恥ずかしい。

そんな渓のリアクションに、七水は眉尻を下げて微笑んだ。

「やっぱ、気づいてなかった」

「な、にがですか？」

「こないだ、渓くん彼氏にしたいって言ったらスルーしたから、知らない振りしてんのか気づいてないのかどっちかなって思ってた」

冬弥と吏貢の「いつのまに?」という視線が刺さったが、敢えて黙殺した。

確かに、先週の水曜日に一緒に食事をしているときにそんな話はしていた。

だがあれは冗談ではなかったのだろうか。

当時の七水を思い返すと、確かに渓が躱《かわ》したあと、微妙な表情をしていたような気がしないでもない。

あれは軽口というよりは、ちょっとしたカミングアウトだったということだろうか。

——あまり情緒が豊かとは言い難いから、もう少しわかりやすくして欲しかった……。

だが、そんなことを言われてどう応えたらいいのか。

「じゃあ七水さんてゲイってことですか?」

——それを聞いてどうするんだよ、吏貢!

渓の内心の焦りなど知る由《よし》もなく、吏貢の疑問に七水は答えた。

「あー、ううん。女の子も嫌いじゃないよー」

大概主導権を握られるので、あまり立場的には変わらないかも、と七水は意味の分からないことを言う。

「……でもまあ、男の人のほうが好きかな」

冬弥は七水の科白に「へえ」とだけ返した。やはり吏貢と同様に、狼狽《ろうばい》している雰囲気はない。

七水はちらと視線を寄越した。

「……そゆの、気持ち悪い？」

七水が憐《あわ》れみを覚えさせるような目で見つめてきて、渓は言葉に詰まった。

嫌悪感は、ない。それは個人の自由だと思っているし、周囲がとやかく言ったからといって変えられるものではないだろう。

だが、渓は自分でも驚くほど七水の告白に動揺していた。そして、苛立ちも覚えていた。特に憤りのほうが強く、大声で喚きたいくらいのストレスを覚える。

そんな強い感情だというのに理由が知れなくて、ますます混乱した。助けを求めるように傍らの冬弥と吏貢を見やるが、二人とも自分には関係ないとでもいうのか、まったくリアクションを返す気配がない。

「……別に」

なんとかそれだけを伝えると、渓の心の乱れには気づかなかったのか、七水が安堵の表情を浮かべる。渓の反応を待っていたかのように、冬弥と吏貢が続いて「全然」と声を揃える。七水は、小さく「ありがと」と呟いた。

ちょっと胸が痛むのは、嘘をついているからなのか。それとも別のなにかなのか。

ぎゅるぎゅると蟠《わだかま》る胸を持て余し、渓は誤魔化すように眼鏡を押し上げた。

「そんなことより、恋人だって言うならなんで道端で殴られたりとか……ありえないでしよう、こんな関係。ああ、元、でしたっけ」

絞り出すような声は、自分が思ったよりも彼の状況を託《かこ》つ気持ちが顕著に表れた。

七水は一瞬笑顔を作ったが、すぐに泣きそうな顔になった。

「もともと、ちょっとそういうところのある人でね。で、俺がヘラヘラして他の人と喋ったりすると、すっごく怒る。俺、惚《ほ》れっぽいし、アホだけど……浮気は絶対しないのに、信じてくんなかった」

不安になる気持ちはわかる気はする。七水はいつだってにこにこしているし、渓よりも年上なのに頼りなく危なっかしい。自分以外の男にも愛想を惜しげもなく振りまいたり、寄りかかっているのではと想像したら、心中穏やかではいられないだろう。

——って、なに考えてんだ。俺は恋人じゃないだろ。

「俺も痛いのやだから、だからもう別れよって話したんだけど……うまくいかなくて」

「……それで今回もその前も、殴られたんですか？」

尖《とが》った声を出した渓に、七水は肯定するように息を吐いた。渓は絶句する。

——じゃああいつが泣いてたのって、振られたから？　しかもそれで殴るとか、かっこ悪……。

「七水さん、趣味悪い」

冬弥の科白に、七水はまるで他人事のように「俺もそう思う」と力なく笑う。でも、いいところも沢山あったんだよ、と七水は渓には到底理解できないことも呟いた。

「水曜日に渓くんとごはん食べたあとに呼び出されて。その前のとき、渓くんたちが助けてくれたときね、別れよって話が中断したから絶対来いって言われて」

それでのこのこと会いに行ったのかとがなりたてそうになって、「中断」させたのが自分たちだと思えば強くは言えなかった。

「第三者を入れるとか、選択肢はなかったんですか」

「……そういうのありなのかな？　恋愛の話って」

もうそこまで行ったら恋愛というより弁護士挟んだほうがいいくらいの暴力事件だと思ったが、過ぎたことを言い立ててもしょうがない。諦めて、渓は息を吐くにとどめる。

「で、殴られてまで話合ったのに、うまく別れられなかったんですか？」

渓の問いかけに、七水は曖昧に首を捻った。今日の様子を見れば、答えなど聞かなくてもわかる。

「なんか結局どうなったかわかんなかった……かな？　でも、今日もその前も何回も別れるって言ったし、もう別れたみたいなもんでしょ？」

どこか縋るように言われ、渓は大仰に溜息を吐いた。

「別れたなら、連絡そのものを断てばいいでしょう。着拒するとか」

「え、でも…」

この期に及んで、まだあんな男をつっぱねられずにいる七水に渓は苛立つ。

「まだ未練が？」

強い口調で言うと、宮良はこの場にいないのに、七水は申し訳なさそうに頭を振った。

「じゃあ、着拒してもいいじゃないですか。このままじゃ、いつまでたっても別れられないですよ。……それとも本当は別れたくない？」

我ながら、意地の悪い物言いだ。七水は「そんなこと」と、泣きそうな声で否定した。

そうして、おずおずと着信拒否の設定をする。

そんな七水を見て、渓は安堵と満足感を覚えた。

「これでもうあいつは来ませんよ」

渓が言うと、七水は「うん、そうだね」と頷く。

「……それにしても、なんであんな男と付き合ったんですか」

暴力を振るうなんて、ギャンブルや借金と並ぶくらいの不良物件ではないか。

そういうプレイだと言うなら口を挟むことでもないが、七水は嫌だと言ったのだ。だったら、何故。

七水は渓の言葉に、困ったように笑った。そうして、答えないまま渓たちに頭を下げる。

「三人とも、何回も助けてくれてありがと。じゃあ、俺帰るね。ばいばい」

いつもよりも心なしか早口で、七水は走って行ってしまった。

「……七水さん、どうしちゃったんだ?」

「……なんか、俺たちには言いたくないことがあるんだろ」

冬弥の声には、含みがあった。「俺たち」というよりは、七水が避けているのは「渓」だと気づいたのだろう。

どういうことだと視線で問われても、渓とてよくわからない。彼が自分を避けている理由なんて。

「俺あーいうのテレビで見たことある。DVの被害者って、共依存とかで別れられないんだろ?」

吏貢の言葉に、思わず眉を寄せる。だがすぐに冬弥が異論を出した。

「でも……七水さん、そういう感じでもないけどな」

「そうなん?」

「うん。だってなんか、相手の男に全く未練がなさそうだろ。そういう人たちって、もうちょっと『でも私がいないと』感というか、離れられない強迫観念みたいなのがあるし」

なんだか実感のこもった科白に面喰《く》らいながらも、渓は疑問を口にする。

「じゃあなんで何度も元彼と会うんだよ」

渓の問いに、冬弥は「知るか」と一蹴《いっしゅう》した。

結局なにか釈然としない空気のまま、渓たちは駅で別れた。電車に乗りながら、渓は七水を思い返す。

——七水さんの気持ちがよくわからない。……でも俺自身のことも、なんだかよく……。

自分でもまだ整理がついていない。その事実に落ち着かない気分になり、もう一度、己の心を分析しようと渓は鞄からノートとペンを取り出した。

——……七水さんって、男も恋愛対象なんだ、って思った。で、あんな男が恋人だったって聞いて、なんか……イラっとしたし、ショックだった。

何故それに苛立ちや衝撃を覚えるのか。自問しながらノートに箇条書きにして書き留めていく。並んだ文言に、渓は思案する。

——なんであんなひどいのと？　ってところが大きい。七水さんならもっと、いい男探せるだろって。

では、宮良以外の優しい大人の人だったら、自分は納得するのだろうか。この苛立ちや形容し難いもやもやを、全て解消できるということか。

ペンを走らせながらそうだ、と断定しようとしたが、それでもスッキリとはしない。

七水のことを考えると、普段は冷静だと言われることの多い自分が、妙に落ち着かなくなる。

笑っていてくれたら嬉しいし、そうしている七水を見ると、心臓が早鐘を打つ。

——今まで、同性を好きになったことはないけど……。

年の近い少女にも同じ想いを抱いたことはないから、それは反証とはならない。

親しい友達への独占欲ではないか、と自分に問いかけてみるが、やはり友達へのそれとは違う気がする。

例えば吏貢と冬弥が二人だけで遊んだ、と言っても家が近いし学校も同じだからしょうがない、と思う。そこに全くとは言わないが嫉妬心は湧《わ》かない。

そして、仮に二人に同性にしろ異性にしろ、恋人ができたと聞いても心が乱れたりはしないだろう。

——つまり、俺の七水さんに対する気持ちって、それにどう名前を付けるかはともかくとして、友情とは異質なものなんだよな。

列挙した文字列の下に「∴」を書き込み、息を吐く。ふと浮かんだ一つの想いに確信を得ながら、それ以上は続けずにノートをしまった。

——いつの間に、そういう目で見てたのかな。

初めて意識したのは、今日男の恋人がいたと言われたからだが、己の抱く感情はもう少し前から燻《くすぶ》るように存在していたのだろうとは思う。以前、冬弥に「案外渓みたいなタイプがある日突然恋に落ちたりするのかも」などと言われたが、別に唐突に落ちたわけではないぞと心の中で言い繕《つくろ》った。

いつの間にか俯《うつむ》き加減に歩いていると、七水からメールが来る。

〈さっきのはあんまり気にしないでね。これからも友達でいてね。〉

咄嗟《とっさ》に、冬弥と吏貢にも送られていないか確認を取ってしまう。

送信先を見ると、渓にだけあてられた文面だった。七水は冬弥や吏貢よりも渓のことを特別に見ていてくれているかもしれない。個別に送っている可能性もなくはないが、それが少し嬉しかった。

けれど、「友達」という箇所に引っかかって素直に喜べない。

気にしないなんて無理だし、友達でなんていたくない。七水がどういうつもりでこのメールを寄越したのか訊きたかった。

そんな風に追い詰めるのもみっともなくて、いっそ無視されてもいいくらいの短文で返した。

〈なんで?〉

これくらい訊いてもいいだろうと思いながら送信する。どんな答えが返ってくるのか、どきどきしていたが、結局返事は来なかった。

降車駅についてもなんの反応もない携帯電話を、渓はため息交じりにしまった。

翌日、渓は学校帰りに七水の家へと向かった。塾がないので、七水はきっと家にいるに違いない。

メールの返事はあれからずっと来ないままだ。とにかく七水のことが気になり、渓はすぐに行動をとった。

記憶を頼りに七水の家へ向かう。玄関に立つと、中から話し声が聞こえた。チャイムを押すと、すぐに七水が顔を出す。

渓の姿を見るなり、七水は硬直した。自分は何度も渓を待ち伏せしたくせに、と些かカチンとしたが、表情に出ないよう必死で装う。

「け、渓くん？　どうしたの？」

「……なんか、来たら悪かった？」

約束もしてないのに突然来たのだから、悪いに決まっている。渓自身ですらそう思うのに、七水は首を振るだけで文句などひとつも言わなかった。

「あの、あがってく？　よね。どうぞ」

促されて、おじゃましますと頭を下げる。

話し声だと思っていたのは、テレビだったらしい。居間には誰もいなかった。

「君枝さんは？」

七水の祖母の名を呼ぶと、七水はほっとしたようなガッカリしたような、微妙な表情を交互に浮かべた。

「ばあちゃんに用事だったの？　今日は婦人会かなんかの旅行に行ってるよ」

江の島に行くんだって、と言いながら、七水は渓に座るよう促し、お茶を出してくれる。最初は飲み慣れなかったが、慣れれば緑茶飲料よりもおいしいことに気が付いた。以降、自分の家でも茶を飲むようになったのだが、いつ買ったのかわからないお茶より、君枝が出してくれたお茶のほうが、やはり何倍も美味しい。

それに、七水が入れてくれるともっと、と思っている自分に気づくのだ。

「どうしたの？」

「いや、別に」

素っ気なく答えて出されたお茶に口を付けると、部屋がしんとした。

「そういえば」

沈黙に耐えかねて、渓は口を開いた。だが、メールのことは訊きにくくて、以前少しだけ気になった質問をぶつけてみる。

「訊いていいかわからないんですけど、どうして君枝さんと二人暮らしなんですか？」

問いに、七水は炬燵の天板を見下ろしながら、力なく笑った。

「俺ね、家族に嫌われてるの」

まずいことを訊いてしまった。どう取り繕うか無言で焦っていると、七水が「いいよ」と声をかけてくれる。

「せっかくだし、訊いてもらっちゃおうかな。俺、お父さんとお母さんと兄ちゃんがいるんだけど、皆俺のこと嫌いなんだ」

もしかしたら存命ではないのか、とか、仕事の都合か、という予想は立てていたが、まったく違った言葉が返ってきた。その声音がいつもと変わらぬせいで、余計に困惑する。

「なんで、そんな」

冗談を言っている雰囲気でもないが、俄《にわか》には信じ難くて疑問を投げる。七水は困ったような顔をして、こてんと首を傾げた。

「男と付き合ってるって言ったら、皆の中で俺がいないことになっちゃった」

相変わらず穏やかな、だが本意の読めない口調で七水は続ける。

「――だから俺、今ばあちゃんと二人で住んでんだ～」

ばあちゃんは俺のこと好きって言ってくれてる、と七水が笑う。

家族のことは好きだし、家族にも好かれている。それは渓にとっても、きっと多くの人にとっても同じことのはずなのに、七水はたった一人祖母が愛情を持ってくれているということを、まるで僥倖《ぎょうこう》のように口にした。

「家族に嫌われて捨てられたとき、すっごい悲しかった。どうしてって、訊かなくてもわかったから一緒にいたいって言えなくて、でも言えないのが辛かった」

自分を否定されたら、誰だって辛い。でも、言ってもきっと手を振り払われるのがわかるから、七水は諦めたのだ。

「俺、捨てるのも捨てられるのも、すごく怖い。傷つけられるのも嫌だ。……でも、誰かが俺の言ったことで傷つくのは、もっと嫌だ」

自分も辛いから、と七水は思い詰めたように口にした。

初めて七水と会ったとき、男が泣きながら喚いていたのは、もしかしたら縋る言葉だったのだろうか。

冬弥が、共依存にしては違和感を覚える、と言っていた理由がなんとなくわかる気がした。依存ではなく、強迫観念に近いのだろう。

きっと、七水は元恋人にも家族の話をしたに違いない。年下の、つい先日知り合ったばかりの小学生に話すくらいだ。

だからあの男は、七水を打ち据えながら、俺はこんなにもお前のせいで傷ついている、というアピールをして七水を縛っているのか。そうだとしたら、卑怯《ひきょう》なやつだ。この場にはいない男に憤りを覚え、渓は舌を打つ。

「――馬鹿だ」

七水も、あの男も。蚊帳《かや》の外にいるのに、こんなにも憤慨している自分も。

再び落ちた沈黙を破るように、玄関のチャイムが鳴った。

七水は「ごめんね」と言って、まるで渓から逃げるように席を立つ。その声が少し震えていた気がした。

玄関先に向かった七水は、なかなか戻ってこない。

宅配便の受け取りに、こんなに時間がかかるものなのだろうか。それとも玄関で荷物を開いているのだろうか。

そんな風に思いながらお茶を啜っていると、玄関からものが倒れるような大きな音がした。

「……七水さん？」

一体なにをしているのか。

少々不穏な空気を感じて、渓も腰を上げる。

「七水さ……」

廊下に出て声を上げかけ、渓は固まる。

七水の上に、男が馬乗りになっている。七水は口を押さえつけられながら、必死にもがいていた。

七水に乗っている男は、以前から度々顔を合わせていた七水の元恋人——宮良だ。そう認識した瞬間、カッと頭に血が上る。

「な、にしてんだよ！」

張り上げた声は、情けないことに少々震えていた。

暴力を振るおうとしている相手が怖かったからか、それとも七水が危険な目に遭っているのを目の当たりにして憤りを覚えていたからか。恐らくその両方なのだろう。

「離せ！　七水さんの上からどけよ！」

「ああ？　……いてえっ」

渓は走り寄り、男を突き飛ばそうとした。

渾身《こんしん》の力で押したつもりだったが、宮良の体は少し傾《かし》いだだけで七水の上からはどかない。七水がくぐもった声でなにか言っていて、ますます焦る。

必死になって引き離そうとすると、思い切り振り払われた。

「うるせえ、またてめえかよ！　邪魔すんなクソガキ！」

「……っ！」

男の拳が、鎖骨と鎖骨の間に当てられる。振りかぶった腕の反動だけで、体重の軽い渓は吹っ飛んだ。

その拍子に、靴箱に思い切り頭と背中をぶつける。

がん、と大きな音がして、目の前に火花が散った。

「渓くん！」

七水の悲痛な声が、やけに遠くで聞こえた。大丈夫、と返したかったが、殴られたのと背中を打ったせいで、息がうまくできない。

なんとか呼吸をしようとしたが、無様にも咳き込んでしまった。

割れるような頭痛もしてきて、渓は顔を顰める。きっと、冬弥や吏貢ならもっとうまくやっただろう。肉体労働は向いていない、と己を情けなく思う。

「頭ぶつけて……っ、渓くんが馬鹿になったらどうすんだよ！」

「それでもお前よりゃマシだろ。安心しろ」

酷い言い草に、七水がぐっと喉を鳴らす気配がした。けれど、きっと七水は自分が馬鹿と言われたことではなくて、渓のことを心配しているのだ。

平気だと言って七水を安心させてやりたいのに、声が出ない。情けなさに、渓は拳を握りしめる。

「こ、子供に手出すなんて……！」

「ガキとか関係ねえよ。手出してきたのはあっちが先だろ……っ」

七水に子供呼ばわりされたのが若干気にかかったが、己の非力さを思えば反駁のしようもない。それより、宮良が急に涙声になったことのほうに驚いた。

若干呆気《あっけ》にとられつつも、なんとか態勢を立て直そうとふらふらしていると、再び眼前から飛んできた宮良の拳が腕に当たった。

「い……っ」

今度はドアに肩からぶつかり、激痛に息ができなくなる。胸を押さえて喘《あえ》いでいると、七水の泣き顔が見えた。

そんな顔すんな、大丈夫だから。とそう言えたら恰好《かっこう》よかったが、思うようにはいかなかった。

なんとか息を継ごうとしていると、男が渓の胸ぐらを掴み上げる。あまりに乱暴な所作に、眼鏡が吹っ飛ぶように落ちた。

「毎度毎度邪魔に入りやがって！」

「やめてよ……！」

涙声で七水が叫ぶのを聞いて、渓はひどく情けない気持ちになる。

不思議と、目の前の男が怖いという感情はなかった。目に涙をためて、体躯《たいく》も小さな小学生の渓を凄む男は、ただ目を覆いたくなるほど醜悪で、憐れだ。

暴力を振るったり、お前を泣かせたりするようなこんな男の、一体なにがよかったんだよ、と七水を責めたくなる。

「……っ」

宮良は歯噛みしながら喉の下あたりをぐっと拳で押してくる。息ができず、渓は歯を食いしばった。

七水は必死の様子で宮良の腕にしがみついて止めようとする。

「離せよ！　卓也、お願いだから、やめてよ……！」

「七水、なんでわかんねえんだよ！　俺はお前が」

「――言うことときくから、もうやめて。渓くんは関係ないだろ。だから、渓くんにひどいことしないで……」

お願い、と嗚咽を漏らしながら、七水が請《こ》う。

ふ、と宮良は笑い、手を離した。途端、肺に急激に入った酸素に、渓は激しく咳き込んだ。

渓に背中を向けた宮良が、七水を上り框《がまち》の上に乱暴に押し倒したのが視界の端に映る。

宮良は七水に覆いかぶさり、身を屈めた。

「ん……っ」

渓の位置からは、宮良の背中しか見えない。でも、七水のくぐもった声と幾度も聞こえるリップ音に、二人がなにをしているかはわかって、頬がカッと熱くなった。

宮良の上着を掴む七水の手が、小さく震えている。

それが憐れにも官能的にも見えて、渓は無意識に後ずさった。情けなくて、申し訳なくて、泣きたくなる。

「ん、んー……」

何度か唇の音がした後、宮良が舌を打った。

「七水、口開けろよ」

「や……」

瞬間、床を乱暴に叩く音が否定の言葉を口にしようとした七水の声を遮る。七水が息を飲む気配がした。

「なんで言うこと聞いてくれないんだよ七水……いつもみたいに、受け入れてくれよ。な？　いい子だから」

まるで渓に七水は自分のものだとアピールするように、芝居がかった声で命じた。興奮し、上ずった声はひどく耳障《みみざわ》りで、渓は唇を噛む。

小さく震える吐息が返り、そのすぐ後に、濡れた舌の音がした。

「……ぅ……っく……」

七水は、堪えきれなかったのか小さな嗚咽を漏らしている。ななみ、と気持ち悪いほど甘えた口調で名前を呼び、七水の口を犯す男に吐き気がした。

「お前が悪いんだからな？　恋人なのに、着拒なんかして。もうちょっとやり方があるだろ？」

宮良の言葉に、渓の頭から血の気が引く。七水は消え入りそうな声で「ごめんなさい」と涙声で繰り返す。

それを七水に進言したのは、渓だ。躊躇う七水に強く言って、着信拒否をさせた。あのとき自分は、七水から宮良を引き離したつもりになっていたが、今日のこの結果を招いたのは明白だ。

自己満足に浸っていた己を思い返して、消え入りたい程恥ずかしく、悔やむ気持ちに襲われる。

――七水、ごめん……。

今まで自分が面倒を見ている、くらいのつもりだった。だが己の無力さや浅薄さを知り、打ちのめされる。

七水に助けられるばかりの自分が、情けない。

好きな相手を守るどころか、自分のせいで酷い目に遭わせることになってしまった。

――俺のせいで、俺がいたから、七水は……。

自分がもう少し大人だったら、宮良に対抗できたかもしれない。もっと効果的な対処ができたかもしれない。

けれど、今は手も足も出ない。傷つけているのは、宮良も自分もきっと一緒だ。

七水を泣かせて、一体自分はなにをしたかったのだろう。己のなにを過信していたのか。

学校の成績がよくたって、なにもならない。好きな人を、守ることすらままならないなんて。

――七水、もう俺のこと嫌になるかもしれない。

そんな事実に思い至って、渓はよろよろと立ち上がり、ドアを開けた。意地になってこの場にいるよりも、今の自分にできることをするしかない。

宮良は七水との行為に没頭しているのか、もう相手にならぬほど弱い渓になど興味がないのか、見向きもしない。

咳き込み、胸を喘がせながら外に出た。

騒ぎを聞きつけたのか、玄関先で三人の主婦が家の中を覗き込んでいる。不安と好奇心を滲ませていた彼女たちは、渓の姿を見てぎょっとした顔をした。

「ぼ、僕、どうしたの？」

問われて、口から血が出ていることに気づいた。どうやら、先程殴られた拍子に歯で傷つけてしまったらしい。

それを拭《ぬぐ》いながら、それよりもと彼女たちを見返した。

「な、七水が……」

いつもはそれなりに達者に回るはずの口から、全く言葉が出てこない。もどかしくて、歯噛みする。

「七水ちゃん？　七水ちゃんがどうしたの？」

その内の一人が七水の知り合いなのか、言葉を引き出すように問いかけてくる。

知り合いらしい相手に、元恋人だという男に襲われている、という話はしないほうがいいのだろうか。どこまで言えばいいのか、混乱して口が動かない。

言葉を取捨選択できなくて泣きそうになり、唇を引き結んで堪えた。

だが今はそんなことで迷っている場合ではないと、ようやく「七水が男に襲われて」とだけ告げることができる。

渓の言葉を聞いて、主婦たちの顔色が変わった。

「僕、落ち着いてね。おばちゃんたちがなんとかしてあげるから！」

無暗《むやみ》に力強い言葉になんとか頷き返すと、三人の主婦がむんと仁王立ちになった。

「あたしちょっと交番からおまわりさん引っ張ってくる！」

そう言って一人が走り出し、もう一人は自宅と思しき場所から竹ぼうきを持ってきた。

あまりやりすぎるとこちらが罪に問われるのでは、と別の心配事も生まれたが、渓の心配をよそに近くの交番からすぐに巡査が駆けつけて来てくれる。

警察官より先にほうきを持った主婦が突入してしまい、場は騒然となってしまったが、宮良が呆気にとられている間に七水が主婦の手によって救出された。

「大丈夫⁉　七水ちゃん！」

「あ、えと、大丈夫です」

どこまでなにをされたのかはわからないが、七水は半裸に剥かれていた。その姿に、ぎくりとしてしまう。

覚えた衝撃の中に確かに劣情に似たものが含まれたことを自覚して、こんな状況だというのにあの宮良のような気持ちを抱いているのかと思うと、情けなく、恥ずかしかった。

服を整えている七水と目が合う。七水は、渓の姿を見て安堵の息を吐いた。

「渓くん」

「七水、さん」

呼んだ名前は、怯えるような声音で返った。滲んだ動揺に唇を噛み、拳を握ったまま黙りこくっていると、七水はもう一度渓を呼んだ。

「……渓くん?」

「――」

なにもできなかった。

それどころか、自分のせいで七水に無体を強いる羽目になり、一人の力で解決できず、衆目に晒すといういらぬ恥をかかせた。

自分自身に憤りを感じ、七水をまっすぐに見られない。

そして、七水に無様な己を見られることも耐えがたかった。

渓は目を逸らしたまま、玄関に置いていた鞄を掴み、踵《きびす》を返す。言い訳をしたら、涙声になりそうで、なにも言えない。

あのまま一緒にいたら、あまりの無力さに泣き出してしまいそうだった。

なかば予想していたことだったが、翌日七水は姿を見せなかった。そして次の塾の日も、その次の日も、それからずっと、どんな天候でも欠かさず待っていた七水はやってこなかった。

七水は、もう渓のことを嫌いになってしまったのかもしれない。

塾の行き帰りに彼の姿を見ることはなくなり、メールも勿論来ない。一度だけ、恐る恐る、渓からメールを出したことがある。

学校には行っているのか、とだけ訊いたメールに、返事は来なかった。

その後電話もしたが、半ば予想していた通り、七水は電話に出てはくれなかった。

きっと、怒ってもいるのだろう。

あのときは呆然《ぼうぜん》としていたが、少し考えれば渓がいなければあんな目に遭わずにすんだことに気が付いたはずだ。

そう思えば、しつこく七水に接触することは憚《はばか》られる。

七水が顔を出さなくなって数日続いた頃に、吏貢と冬弥のほうから「なにかあったのか」と水を向けられた。

「なにかって……別になにも」

「ないわけないだろ」

「喧嘩でもしたのか？」

渓と七水の間に起こった諍《いさか》いではない。少なくとも、渓はそう思っている。

ただ、七水はもう渓の顔など見たくないだろうし、渓自身も合わせる顔がないとも思っていた。

だからこそ会いに行くのも躊躇する。

「……なにかあったんだ？」

冬弥に促されて、半ば懺悔《ざんげ》のような気持ちで渓は先日の出来事をぽつぽつと話し始める。事の顛末《てんまつ》を聞き、己が子供であることのコンプレックスを含めて愚痴《ぐち》ると、吏貢と冬弥は盛大に顔を顰めた。

「……お前さぁ。頭いいけどどうもにも……」

「なんだよ」

「妄想過多というか、思い込みが激しいというか」

「状況的に間違いないだろ」

そうとしか考えられないと言うと、吏貢と冬弥は「じゃあ確かめてみろ」と言った。

悩むのはそれからでも遅くないし、なにより、助けてもらったのにきちんと挨拶《あいさつ》に行っていないだろうと言われて納得する。

決意するように頷くと、冬弥に小突かれた。

「……俺らがまだ子供なのは、しょうがないだろ。だからって、あんまり相手を試そうとするなよ。そりゃ甘えだ」

「試そうとなんてしてない」

心外だと反論すると、冬弥は息を吐いた。

「七水さんはストレートに言わないと伝わらないタイプだろ。婉曲《えんきょく》表現はなし。ジャブ打って様子を見るのもなし。思った通りの、伝えたいことをストレートに伝えろ」

それが話をまとめる鍵だ、と言って冬弥が渓の肩を叩く。吏貢も倣《なら》って、背中を叩いた。

「幸運を祈る」

「ご武運を」

二人に背中を押され、渓は苦笑した。

翌土曜日、久々に羽吹家に訪《おとな》うと、玄関先に出てきたのは君枝だった。

君枝は、渓の姿を見て、眉尻を下げて微笑んだ。

「いらっしゃい。……来てくれたの？」

「あの、この間は、すみませんでした」

先日の件以降、君枝には挨拶すらしていなかった。

渓のせいで七水が酷い目に遭った、と説明するのは辛かったけれど、きちんと説明すべきだったのだ。君枝は、一体どこまで知っているのだろう。起こったこと自体もそうだが、七水が男と付き合っていたことを、知っているのだろうか。

どう切り出そうかと迷っていると、君枝は「ごめんなさいね」と頭を下げた。

彼女の行動が解せなくて、目を瞬かせる。

「あの子のせいで、随分怖い目に遭わせたとかで……ごめんなさい。ちゃんとご挨拶に行きたかったんだけど、連絡先がわからなくて」

「いえ、あれは僕が……」

渓が人質になったようなものだ。そのせいで、七水は手も足も出なかった。

だがそれをどう説明したものか。

迷っていると、君枝に上がるよう促された。そこでお茶を入れながら君枝は溜息を吐いた。その横顔は、何歳も老け込んだような気がする。

「あの、ごめんなさいね。寧ろ、渓くんのほうがあの子と会いたくないのかなって、そう思ってたから……」

「え……？　なんでですか？」

驚いて問い返すと、君枝は頬に手を当てて首を捻る。

「だって、七水がそう言ってたし……私も、渓くんがうちの子に関わったから怖い目に遭ったんだし、もう来たくないだろうって……」

七水が言っていた、と言う言葉に渓は目を剥いた。

「ちが、それは逆ですよ！　俺は、俺のせいで」

それに、もし渓が七水に会いたくないと思っているのなら、連絡などしないはずではないか。

関係を断ち切りたいのなら、着信拒否にしてメールアドレスを変えてしまうのが一番てっとり早い。

そう指摘すると、君枝も「それもそうだわね」と頬を掻いた。

なんだかこういうところに七水との血縁関係を思わせるものがあったが、渓はそのまま詰め寄った。

「だから、俺、七水さんと会って話がしたいんです！」

渓の剣幕に、君枝は気圧《けお》されたように身を引いた。それから、肩を落として笑う。

「――渓くんは、知ってるの？」

唐突に問われて、頂いたお茶を飲んでいた渓はこくりと喉を鳴らした。一体なんのことか、と問うのも躊躇していると、君枝は再び嘆息する。

「……もう、来ないかと思ったわ。渓くんも、男の子だし」

「君枝さん？」

それ以上言わなかったが、君枝は七水が男と付き合っていることを知っているようだ。

渓は湯呑みを置き、まっすぐに君枝を見つめた。

「――来ます。だって俺、七水さんのこと……友達だと、思ってますから」

強く響いた己の声音は、今まで狼狽えて連絡できなかったことを考えれば説得力がない。渓自身には言い訳のように聞こえたけれど、君枝にとってはそうではなかったらしい。小さくありがとう、と呟いて、それ以上そのことについては深く掘り下げられなかった。

先日の顛末は、君枝の言うことには、警察が介入したため、ちょっとした事件になったそうだ。以前路上で揉めていたように、宮良と七水は似たような騒動を起こして幾度か警察の世話になったことがあるらしい。

それが一応実績として残っていたらしく、今回は七水も宮良を庇《かば》わなかったので、あちらの親族と話をして、七水に接近禁止ということで話が進んでいるらしい。

その処置で話がまとまるかはわからないが、宮良はずっと家で大人しくしているようだ。渓も怪我をしたので、今からでも話し合いにと言われたが、七水と会えなくなってもいやなので辞退した。親には「転んで怪我をした」と言って、既に片は付けてある。そんなことよりも、渓にとっては重要なことがあった。

「……あの、それで、七水さんは」

渓の問いに、君枝は何故か少し驚いた顔をした。

だがそれは本当に一瞬のことで、すぐにいつもの笑顔に変わる。

「あの子、最近あんまりうちにいないの。そのせいもあって、渓くんの連絡先を聞けなくて」

まさか失踪《しっそう》でもしたのかと表情を強張らせると、君枝はふと息を吐く。

「前からそういうのは度々あったんだけど、連日帰ってこない日が最近多いのよね」

前から、というのは恐らく、恋人の家に泊まったりしていたのかもしれない。

過去の話に嫉妬をしてもしょうがないし、そんな権利は自分にはないのだが、少しだけイラついた。

もしかしたら、宮良とよりを戻したのかと恐ろしい想像もする。

「七水さん……どこ行っちゃってるんですか？」

思っていたよりも、己の声は震えた。

君枝は渓の動揺には気づかずに、首を傾げる。

「帰ってこないときは、お友達の家にいるみたい。学校は行ってるらしいんだけど……人様のご迷惑になるからやめなさいって言ってるんだけど、私の言うことなんて聞きやしなくて」

「そう、ですか」

行方不明ではないということには安心したが、今日彼に会うのは難しそうだということも同時にわかって、残念なような安堵したような複雑な気持ちになった。

君枝に出してもらったお茶を啜る。当然と言えば当然だが、君枝と二人きりになるのは初めてで、少々会話に困った。

数日ぶりに訪れた部屋はなにも変わっていないはずなのに、七水がいないだけで随分とがらんとして見える。

「あの」

一体なにから話そうか迷いながら口を開く。

「俺、七水さんに会いたいんです」

「……あの子に?」

七水が渓を避けていることに、君枝は気づいているのだろう。

やめてほしいと言われるかもしれないが、渓は頷いた。

「さっき君枝さんは俺に頭を下げてくれましたけど、本当は違うんです。俺のせいで、七水さんが酷い目に遭ったんです」

未遂だったかもしれないけれど、衆目に、男に襲われている姿を晒す羽目になったのは、渓のせいだ。

彼がそうされることを甘んじたのも、誰かに助けを求めなければならなかったのも、渓がなんの力もない「子供」だったからだ。

「だから、七水さんは俺に会うの嫌かもしれないけど……会って、謝りたいんです」

渓の告白に、何故か君枝は意外そうな表情を浮かべていた。

「それ、あの子が聞いたら喜ぶんでしょうけど……ごめんなさいね。私もあの子がどこにいるのか本当に知らなくて」

「そんな……」

「ふらっと帰ってくることはあるんだけど、いつ帰ってくるのかわからないのよ。私にも連絡はくれないし。でも、そろそろ帰って来る頃じゃないかしら」

「どうしてですか？」

「祖母の勘……と言いたいところだけど、二日前に帰ってきたとき、着替え二枚分しか持っていかなかったから。着替えと洗濯しに戻って来そうな気がするわ。そういう日はいつもこれ位の……学校の終わる頃には戻ってくるの」

さしもの七水も、泊まりに行った先で洗濯までする気はないらしい。

けれど、そんなに都合よく七水の帰宅のタイミングに合うか、と思ったのと同時に、ドアが開く気配がした。

「ただいまー。ばあちゃん」

「ほらね」

こんな都合のいい話があるか、と思ったが、今はその都合のよさに乗っかるしかない。

玄関まで迎えに行くと、以前と変わらない様子の七水がいた。少々元気がないように見えるが、連泊で疲れているのかもしれない。手にはコンビニの袋を下げていた。

「ばあちゃんごめん、俺これからまたちょっと出かけるね。悪いけど洗濯物……」

靴を脱ぐために視線を下げているせいで、目の前に立ったのが渓とは気づいていないらしい。

渓は七水のつむじを見下ろしながら、息を吐いた。

「どこに行くつもりですか」

問いかけに、七水の体がぴたりと動きを止める。

それから、恐る恐るといった体《てい》で七水が頭を上げた。視線が交わった瞬間、七水が恐慌するのがわかる。

「け、けーくん……なななんで……？」

「今までどこに行ってたんです？」

別に渓にそんなことを報告する責務はないけれど、七水は先生に叱《しか》られたように首を竦めた。

「あの、と、友達のとこに……」

「どうして？」

まるで、渓から逃げるような行動だ。

七水は「あわわ」と口にして靴が半分脱げたままの状態で後退した。そのせいでよろめき、ドアにぶつかる。

「なにしてるんですか」

「ぎゃあ！」

一歩近づいただけで悲鳴を上げられ、少々傷ついた。

慌てた様子で更に後退さった七水は、ガンガンとドアにぶつかっている。

色んな意味で心配になって歩み寄ると、七水は渓の横をすり抜けるようにして階段のほうへ走り出した。

「あっ、七水さん！」

慌てて追いかけると、君枝が廊下に顔を出した。

うるさくしてすいません、と会釈をして、渓も階段を駆け上がる。

ばたんとドアをしめたが、七水の部屋のドアには鍵がついていないらしい。ドアを開けると、籠城《ろうじょう》しようとしていたのか、ドアを押さえるためのものと思《おぼ》しき本や椅子《いす》を持っている七水と目が合った。

「ひぎゃっ」

七水は手の中のものを放り投げて、慌てて部屋の隅に走る。

「……さっきから酷くないですか？」

人の顔を見るなり悲鳴を上げたり、渓を締め出そうとしたり。

だが、ひどく怯えた様子を見せる七水に、渓はそれ以上の文句を飲み込んだ。

七水は顔を真っ青《さお》にして、部屋の壁に張り付いている。

「……そんなに、俺のこと嫌いですか」

助けてやれなかったのは、渓自身も情けなく思っている。

子供だからと弁解する気はなくて、それで嫌われてしまったのなら、しょうがないとも思う。

だったら、子供でなくなったときにもう一度だけ、チャンスが欲しい。

そう告げようとすると、七水は渓の唇が動いたのを見た瞬間に耳を押さえた。

そんなに、渓の話を聞きたくないのか、と打ちひしがれていると、七水がぶんぶんと首を振る。

「渓くんが俺のこと嫌いなのわかってるから、もう言わないでよ……！」

「……は？」

七水の発した科白が予想外で、渓は目を瞬かせる。

「七水さん、なに言って」

「追いかけてまで言わなくていいじゃん！　もう付きまとったりしないから、許してよ……！」

どういう誤解が生じたのかわからないが、とにかく七水は、自分が渓に嫌われたと勘違いしているようだ。

つまり、七水が渓から逃げていたのは、渓を嫌ったから、ということではない。

とりあえずそのことは確かで、渓は七水に歩み寄った。

「七水さん」

「あーあーあーきこえなーい！」

「いいから聞けって！」

耳を押さえる七水の手を取って引っ張る。年上の七水の腕は頼りないほど細くて、一瞬どきりとした。

「七水さんは、俺が文句を言いに来たと思ったわけ？」

つい語気を強めて質してしまうと、七水がびくりと体を竦ませた。

「お、おれのこと嫌いって……」

「今まで俺がメールしたり電話したりしてたのを、全部俺が悪口を言うためにしていると思ってたんだ。七水さんの中で俺ってどんだけ意地悪なキャラなんですか？」

揶揄うように責めると七水は「そんなつもりじゃない」と首を振った。

「でも、そういうことでしょう？　なんでそんな誤解してんですか」

「だって、最初のときだって、渓くんのメール怖かった」

「最初って……？」

一体いつの話をしているのか。渓の怖いメールとはなんのことなのか。

判然としなくて疑問符を飛ばしていると、七水は唇を尖らせた。

「友達でいてね、って言ったら『なんで』って……俺のこと嫌なんでしょ」

「あー……」

それは「友達なんかじゃいやだ」というような気持ちを込めていたつもりだったが、七水は「なんで友達でいないといけないんだ」という意味に取ったということなのだろう。

誤解だ、と思うが、説明すると芋づる式に自分の気持ちを吐露しなければならない。こんな流れで告白はしたくなかった。そんな己の見栄から逡巡していると、図星をついたのだと思ったのか、七水はじわりと涙目になる。

「そ、それに、俺見て逃げたじゃない。そんときも、こないだ宮良と、その……してたときも。渓くん、気持ち悪くないって言ってくれてたけど、や、やっぱり男が好きってリアルに見たら嫌だったんでしょ……？」

「いや、あれは……」

あれは、七水に合わせる顔がなかったのだ。情けない自分を、見られたくなかった。

口に出すと惨めになりそうで黙りこくった渓に、七水は顔をくしゃりと歪めた。

「ほら、やっぱり。俺のこと嫌いになったんだろ」

言い出したら止まらなくなったのか、それに、と七水が涙を滲ませて言い募る。

「あの後も『学校行け』って。もう俺の顔見たくないから会いに来るなって意味でしょ、あれ」

「……ええ？」

学校には行っているのか、と送ったのを婉曲表現として受け取ったらしい。

普段能天気なくせに、変なところでネガティブな性格のようだ。

「だから、会いに行かなかったじゃん。俺嫌われたくないから、行かなかったのに、学校だって渓くんが言うから真面目に行ってるのに……」

渓が言ったから、渓に嫌われたくなくて、ということに悠長に喜んだ己の心を律して、渓はつとめて冷静に、そうなんですか、と呟いた。七水は唇を噛んで顎を引く。

「だって俺、はじめて会ったときから渓くんのこと好きだったんだよ」

「え」

「俺の手引っ張って助けてくれたのが恰好よくて、でも、会うたびにどんどん色んなとこが好きになって……だから、嫌われるの嫌なんだってばー…」

ついにぽろぽろと泣き出した七水を可愛いと思い、思いがけずされた告白に浮き足立ちそうになるのを抑えながら、渓は慌てて首を振った。

「違います！　そうじゃなくて——俺は、あなたに合わせる顔がなかったんだ」

渓の科白がまったく思いもよらなかったのか、七水は濡れた目を丸くした。

七水に歩み寄り、渓は潤んだ瞳をしっかりと見据えた。

「俺は、あなたに謝りたかったんです」

「……なんで？　渓くんなにも悪くないよ」

「俺が子供だったせいで、助けてあげられなかった」

掴んだ手に、力を籠《こ》める。

「……子供の俺が足を引っ張ったから、あなたがあいつの言うことを聞かなきゃいけなかったし、俺が子供だったから人を呼んで大事にして、あなたが襲われてる姿を人目に晒すことになった。だから」

だから謝りたかったのだと、告げる。

「俺、早く大人になるから待っててもらえませんか？　七水さんを守れるくらい、強い男になるから」

　だから、と言いかけた瞬間、七水の目から涙が落ちる。

「嫌われて、ない？」

　その言葉と同時に、また一粒、涙が零れた。

「渓くん、俺のこと嫌いじゃない……？」

　物怖《ものお》じせず、あまり人目を憚ったりするような性格ではないのに、控えめな言い方をするのが好ましい。

　だが零れた言葉は、彼の自信のなさの表れのようでもあった。家族に嫌われてるから、という七水の声が蘇って、渓は唇を噛みしめる。

　——だったら、俺がこれから自信を持たせてあげられないかな。

　不安にさせないように、言葉をかけてあげればいいのだろうか。

　渓は唇で弧を描き、七水の腕を引く。

「嫌いじゃない、んじゃなくて、『好き』だから追いかけたんだよ。それくらいわかれ」

　つい使ってしまったぞんざいな言葉遣いに、七水は微かに目を瞠《みは》った。

　生意気と怒られるかもしれないと思ったが、今は少しでも近づきたい、そんな気持ちを伝えたかった。

　七水は渓をじっと見つめ、深々と息を吐く。

「よかったぁ……じゃあずっと友達だね！」

「いやいやいや、そうじゃないだろ！」

あまりの返しに声を上げると、七水がびっくりしたように背筋を伸ばした。ぱちぱちと目を瞬かせ、「なんか間違えたのかな？　怒った？」というような顔をしている。

渓より余程恋愛経験があるはずなのに、どうしてこんなに鈍いのだろう。先程までの会話で告白したも同然だと思ったのに。寧ろ、鈍感なふりをして躱されているのだろうかと穿《うが》ってしまう。

言わなければわからないのなら、はっきりと伝えるほかない。そう思い至って、渓は肚《はら》を決めて七水の腕を掴んだ。

「俺はちゃんと、恋愛として、七水さんが好きなんだ」

なあ、と笑いかけると、七水が大泣きし始めた。

「ちょ、なんだよ」

「だって、嬉しい～……」

嫌われてなかった、好かれてた。

そう言って安堵する七水が可愛いし、その気持ちは渓も実感としてわかる。

あの日からずっと、気に病んでいたのだと七水は嗚咽を漏らした。

自分の情けない姿を見られたくない、という虚栄心が彼を傷つけていたのだと改めて思い知って、渓は唇を噛む。

ず、と鼻を啜って、七水は渓に手を伸ばした。

「……渓くん、触っても、いい？」

「えっ」

「だ、駄目？」

駄目じゃないけど、一体どこまでなにをするつもりなのか。

相手はそういう意味では随分と大人だし、とどぎまぎしながら、渓は「駄目じゃないよ」と手を伸ばした。

「渓くん……」

七水は熱に浮かされたような顔をして、渓に触れる。

躊躇いがちに触れた指は、一瞬強張って離れ、確かめるように再び渓の服を掴む。

そうして、そっと彼の腕の中に抱き寄せられた。

やっぱり自分はまだ、七水に比べて小さい。

——もし、宮良くらいの上背があったら、包むように抱きしめてあげられるのに。

しがみついたような恰好になるのが情けなかったが、渓は精一杯抱き返した。七水は微かに震えて、渓に縋る手に力を籠めてくる。

——なんか、七水、いい匂《にお》いする。

香水ではない。洗濯石鹸《せっけん》や柔軟剤の匂いでもないし、でも甘くていい匂いがする。そんな風に思うのはちょっとだけいやらしい気がするけれど、離れることもできなかった。

こんなに触れ合うことなんて、友達同士でもあまりない。

今一番七水に近いのは己だという自信もあるが、けれど宮良や、もしかしたら他にもいたかもしれない過去の七水の恋人は、もっと近く、深く七水を知っているのだろう。

過去に嫉妬するのはみっともない。

そういう自覚はあるし、表に出さない努力はするけれど、嫉《ねた》む気持ちが抑えられる自信はなかった。

一頻《ひとしき》り悶々《もんもん》としていると、不意に頭上で七水が息を吐いた。

「どうしたんだよ」

怪訝に思って聞くと、七水はふわふわとした表情でふにゃりと笑った。

「いっぱい、触っちゃったなって思って」

ふいー、と満足そうに溜息を吐く七水が可愛くて、でも少し色っぽくて、もっと彼に近づきたくて、手を伸ばした。

縋るように触れた腕を引く。

——……くそっ。

見下ろす七水の目が不思議そうに瞬く。

あと十五センチ、せめて十センチ身長があれば、こんな情けないことにはならなかっただろう。

だが、身長が足りないのは、一朝一夕でどうにかなることでもない。

それを焦ってもしょうがないが苛立ちを覚えて、渓は少々乱暴に、七水の制服のネクタイを引いた。

「いたっ、なに？」

怒ってるのか、とうかがう七水に、渓は唇の端で笑う。

「七水」

初めて呼び捨てると、七水はびくんと背筋を伸ばした。ますます顔の遠のいた男は、

「はいっ！」と大声を上げる。

渓はもう一度ネクタイを引っ張ってやった。

「――屈めよ」

目を眇めて言うと、七水は一瞬で顔を赤くした。

「は、はいっ」

ぎゅっと目を瞑《つむ》り、七水は頬を紅潮させた顔を近づけてくる。

引き締めすぎて震える口元が可愛い。本当ならそこにしてやりたいところだったが、まだ早いか、とその横に唇を寄せた。

触れてすぐ離すと、七水はとても複雑そうな顔をしていた。嬉しがっているようでもあるし、泣きそうでもあるし、ひどく残念そうでもある。

「……なんだよ」

「なんか、着地点間違えてない？　もう一回しない？」

それは、ちゃんと唇にしろということなのだろう。だが。

「生憎《あいにく》、間違えたつもりはない」

「ええ!?　だって、ここ、ここだよ！」

唇の横をつつき、七水が猛烈《もうれつ》に抗弁してくるので、渓は聞こえよがしに息を吐く。

「そこで間違いない。大体、下に君枝さんがいるのに、これ以上不埒《ふらち》な真似ができるわけないだろ」

「ふらちって……」

なにそれ、と七水は不満げに唇を尖らせた。目を潤ませて、甘えた顔をする七水に、渓はぐらつきそうになる。

ひどいひどいと小さな声で責め立てる七水を、渓は睨みつけた。年上の癖に、小学生に睨まれた程度で、七水は怯えたように肩を竦めた。

「――わかった」

「え？」

「目を閉じろ」

躊躇いがちに、七水は目を閉じた。その唇めがけて、渓は自分の唇を寄せる。まったくと言っていいほど経験のない渓に、唇にキスをするのは思いの外ハードルが高い行為だった。経験値の差を悟られるのが癪《しゃく》だという小賢《こざか》しい考えと、己も存外緊張していたために、唇は一瞬で離す。

ちょこんと触っただけのキスが終わると、眼前の七水の顔はまたも複雑そうな表情を浮かべていた。もじもじとしながら、七水は渓の服を摘《つ》まんで引っ張る。

「……なんだよ」

へたくそなキスが恥ずかしくて、照れを誤魔化すようにぶっきらぼうに返す。七水は目を潤ませながら首を傾げた。

「……今ので終わり?」

これ以上なにをしろというのか。

問うまでもなく答えはわかっているし、聞いたところで実現することもできないので、渓は素知らぬふりで黙殺した。

流石に、渓も彼を犯罪者にするわけにはいかない。

小学生である自分を意識してくれるのは嬉しいが、もう少し己の立場に危機感を持ってもよいと思うのだ。

ただ、それが七水が渓を恋愛対象としてちゃんと意識してくれている、ということの証明のようで嬉しい。

そんな感情を表には出さず、渓は仏頂面のまま七水の額を指で思い切り突いた。

「いったぁ！」

「……その内すごいことしてやるから、大人しくしてろ」

具体的には考えていなかったがそう告げると、七水は小突かれた額を押さえながら「はい……」と掠《かす》れた声で呟いて頬を染めた。

——……期待に応えられるよう、頑張ろう。

自分で言ってしまった手前、七水の満足する「なにかすごいこと」をいずれは披露しなければならない。座学は得意だが、果たして。

期待に満ち満ちた目で見つめられて、渓は苦笑した。

すきなひとのはなし

今どき珍しく、メールではなく直接呼び出されて、面と向かって告白された。

いつもより真摯《しんし》に応えよう、と思ったのもそのせいかもしれない。その古風さや、一生懸命さに打たれて呼び出しに応じた、という側面もある。

「……ごめん。ずっと前から付き合っている人がいる。その人が好きで、大事にしたいと思ってるから」

放課後、無人の教室で茂永渓《もながけい》がそう告げると、眼前の少女は泣いたり怒ったりしなかった。半ば予想していたというのもあるのだろう、そうですか、と言って微笑《ほほえ》む。

「お話聞いてくださって、ありがとうございました」

ぺこりと頭を下げて、気丈にも笑って彼女は渓の前から姿を消した。いつもより少し疲労を感じたのは、彼女に好感——あくまで好意ではなく——を持ってしまったからかもしれない。ありがちな、「お付きの友人」の姿もない。このあと、彼女はどうするのだろうかと少々気に掛かりつつ、渓は一人で下校した。そうして、友人たちの待つ予備校近くのファミレスへと向かう。

二月に入ってからというもの、途端に知らない女子生徒からメールが来たり、呼び出しをされたりするようになった。その目的は一様で、全て「告白をする」ためである。

渓は中学三年生だが、学校がエスカレーター式なので多くの同級生とは進路が別れることはない。恐らく後輩も、いずれは同じ高校へと進むだろう。

――わからん……。春休みを挟むからってことなのか？

親友である冬弥《とうや》や吏貢《りく》も同様に、連日のメールでの告白攻撃にうんざりとしていた。二人は、多少フェミニストの部類でもあるので余計に疲弊《ひへい》するのかもしれない。ここ数日の勢いを思い出し、渓は眉《まゆ》を顰《ひそ》めた。

ファミレスに入ると、一番奥の席に二人の姿がある。冬弥が渓の姿に気づき、手を振った。

「お疲れ。ドリンクバー頼んでおいたから持って来たら？」

「ああうん。そうする」

鞄《かばん》を放り、ドリンクバーからアイスティーを持ってきて、渓は一息つく。

「お疲れ。珍しいじゃん。渓がちゃんと相手するなんて」

ポテトを摘《つ》まみながら「女の子みんなに優しくしようぜ～」と吏貢がにやにやとするのに、渓は眉を顰める。

「礼儀のないやつを相手する義理は俺にはない」

「……お前が世の中渡って行けるか、おいたんは心配よぉ」

吏貢が苦笑しながら頬杖《ほおづえ》をついた。なんと言われようと、欠礼した相手に礼を尽くす必要はないと渓は思っている。

「大体にして、アドレス教えてないやつから来るメールなんて相手にしてられるか。おまけに、メールで『あたしゎ、マヂでK↓くんのことが好きデスッッ』とか言われて心靡《なび》くやつがいるんだったら俺に教えて欲しい」

「まあ、どこかにはいるんだろうな。うん」

冬弥も苦笑しつつ、頭を掻《か》く。

「ていうか、うちの学校ってそういう日本語能力のやつが入れるところだとは思わなかった」

「そこはTPOってやつだろ。あくまで公私をわけての語彙《ごい》の使いわけじゃん？」

吏貢のフォローに、それでも生理的に気に食わない、と顔を顰《しか》める。

「じゃあ、なんで今日はちゃんと時間作ったんだ？　いつもだったら、そんな暇あるかって呼び出しにも応じなかったくせに」

10月ごろまでは、三人揃《そろ》って所属していた生徒会執行部の用事があると言い訳していたが、それ以降は特に口実がないので二人は断り文句に苦労していたようだった。

その点渓は前言の通り、「呼び出しに応じる義理はない」と黙殺していたのだ。

冬弥の質問はもっともで、渓は一瞬思案する。

「……まあ、まずは搦《から》め手で来なかったことに好感を持った、っていうところかな」

一つ下の学年だという彼女は、直接渓のところにやってきた。そうして、もう渓の記憶には残っていないが、所属クラスと名前を言い、「お忙しいとは思うんですけど、放課後にお時間頂けませんか」と頭を下げた。綺麗《きれい》な黒髪は清潔にまとめられ、身なりも崩し過ぎず、でも中学生の女子らしいさりげないお洒落《しゃれ》をしていてとても可愛《かわい》らしかった。

「それに、なんか七水《ななみ》に似てたから……」

言い終わるか終わらないかのうちに、冬弥と吏貢は声を揃えて「どこが？」と首を傾げた。確かに、顔の作りも違うし性別も違うし、恐らく成績のほうも違うだろう。だが瞬時に疑問を投げられると些《いささ》か腹が立つ。

「一生懸命なところとか、まっすぐぶつかってくるところが似てたんだよ」

それに、恐らく断られて傷ついただろうに、気丈に笑って見せたところも。

むっとしながら返すと、吏貢が「まあ、確かに七水さんはいつも直球だ」と顎《あご》を引いた。

「……言うまでもないけど、今日のことはあいつには――」

「勿論、内緒にしといてやるよ」

冬弥が言うと、吏貢も頷《うなず》く。二人を信用していないわけではないが、念押しだ。

「でも、七水さんってそういうの気にするタイプじゃないんじゃねえ？　寧《むし》ろ『渓くんすごーい！　モテモテだねー』とか言っちゃうんじゃん？」

存外クオリティの高かった吏貢の声真似《まね》に、渓は実際に言われたわけでもないのに若干傷つき、閉口する。それがわかっているからこそ、敢《あ》えて言わないというところもあった。恋人に信頼されているのは嬉しいが、まったく嫉妬《しっと》されないというのも傷つくものだ。こいつ本当に恋愛的な意味で俺のことが好きなのか？　と不安にもなる。

そんな心情を吐露すると、二人は苦笑しながらナイナイと手を振った。

「そう言いながらあとで反芻《はんすう》して『どうしよー』って混乱するタイプだろ。七水さんて」

「そうそう。夏ごろになってバレンタインに渓がもらったチョコレート気にし出だすような人だよ」

「……で、『渓くんがチョコどうしたか知ってる？』という脈絡のない短文を、相談相手のお前らだけじゃなくて当事者の俺にもうっかり送るようなやつなんだ、七水は」

不安が筒抜けなので対処しやすいのだが、痴話喧嘩《ちわげんか》は漏《も》れなく知られていそうで勘弁して欲しい。だがそんな傍《はた》迷惑さも可愛いと思えているあたり、自分も相当かもしれない。

「ちょっと傲慢《ごうまん》……というか分不相応なこと言うけど、俺はあいつを傷つけたくないし、守ってやりたいんだよな。あいつが頼りないから、っていうより、俺が守られたり、許されたりすることが多くて」

その度に背伸びをする自分を恥じて、相手が大人だと実感する。そういう羞恥《しゅうち》を何度も覚えているのに、やはり見栄を張る自分は愚かだと、渓は思うのだ。

「それはわかるかも。相手が、幼い俺が背伸びすることを許してくれるからこそ、自分らしくいないと、って思う」

穏やかに同調して、冬弥が目を細める。

二人とも、渓と七水が恋愛関係にあるということを知っている。渓から伝えたことだったが、二人ともなんとなく察していたようで、特に驚きもなかったし、避けられるようなこともなかった。相手が男で、結構な年上だということで色々と思うところがあるのではないか、と思ったのだが、二人とも「フェアじゃないから」と言って、自分たちの恋愛の話もしてくれた。

「でもある意味羨《うらや》ましいよ。そういう素直な恋人って」

「うん。あそこまでだとちょっと良し悪しだけど、素直さがあるっていいことだ」

「……へえ。お前らの相手は違うわけだ？」

渓の指摘に、二人は曖昧《あいまい》に笑った。

ちょっと驚いたのは冬弥で、時折話に出ていた「年上の幼馴染みの男子高校生」が、実は恋人だったのだという。十一歳のときから恋人だというから、既に四年だ。渓と吏貢はその相手を二、三度しか見たことはなかったが、優しそうな美人で、冬弥がとても大事にしているのだということは伝わってきた。

一方の吏貢は、恋人がいる、という事実しか教えてはくれず、相手の氏名年齢性別その他すべてを秘密にしたままだ。その理由は「二人を信用していないからではなく、相手の事情もあるから」と抽象的に返してきた。いずれは話してくれるときが来るだろうと思っているので、冬弥も同じ意見だが、無理に聞き出そうとは思わない。

ともあれ、親友たちから疎遠にされることもなく、小学生のころからの付き合いである七水との恋人関係は順調であった。

「で、最近七水さんとはどうよ？　どこまでしたわけ？」

自分は秘密主義なくせに、吏貢がけろりと進捗《しんちょく》状況を聞いてくる。渓は噎《む》せそうになりながらも、アイスティーを嚥下《えんか》した。

「……どこまでって。別に。どこまでもしてないけど」

「キスくらいはしたんだろ？」

「……まあ」

首肯した渓に、吏貢は「ひゅー！」と冷やかしてくる。

キスは頻繁にしているほうだ。お互いの部屋を行き来して、二人きりになると必ずと言っていいほどしている。目が合う度にすることもあって、最近ちょっとやりすぎではないかと思うこともあった。

「冬弥は？」

「俺は、しないって決めてるから」

水を向けると、冬弥はいつも通りの反応を示す。冬弥は渓から見ると相手を必要以上に大事にしていて、本当に壊れ物のように扱っている。付き合いは長いのに、まだキスすらしていないと聞いたときは流石《さすが》に驚いた。詳しく訊《き》いたことはないが、以前、相手を壊しそうになったことがあるから慎重になっているのだ、と零したことがあった。だから、焦るつもりはないのだと。

些かやりすぎだとは思っているが、吏貢は渓以上に歯に衣《きぬ》着せるタイプではないので「聖人君子でもあるまいし、不健全だなあ」と切り捨てた。

「渓も、よく我慢してんなぁ」

「そりゃ、自分の年齢考えたら、こっちが襲ってもあっちが加害者になりかねないから慎重にもなるだろ」

「んじゃ撤回。七水さん、よく我慢してんなぁ」

吏貢のツッコミに、渓はぐっと言葉に詰まってしまう。

ご指摘の通り、渓の心情を知ってか知らずか、七水は時折、熱のこもった視線で渓を見ているときがあった。慣れたキスは回数を重ねるごとに深くなり、相手や自分の感じる場所ももう知っている。そこを執拗《しつよう》に責めたり責められたりすると、お互いに劣情を抱くのが常だ。

けぇくん、と甘えた声で名前を呼ばれ、押し倒したい衝動に駆られたことも一度や二度ではない。圧《の》し掛かられて、音を立てながら唇を啄《ついば》まれたときは眩暈《めまい》がしそうだった。渓は己の名前を「けー」と発音されるのが大嫌いだったが、普段は気を付けて呼んでいるらしい七水が、失念してしまうくらい自分に気を取られているのだと思うと堪《たま》らなくなる。

その呼び方が、最近は可愛いとすら思っていた。

「――こっちの気も知らないで、無防備に甘えやがって、と思わないことはない」

苦々しく言うと、冬弥も溜息《ためいき》を吐《つ》きながら賛同してきた。

「わかる……。俺の前で寝るな、俺のベッドに寝るな、俺に寄りかかってくるな、と思うんだけど、信頼されてると思うと怒るのも筋違いかと思うし、ちょっとそれが嬉しいと思ってる自分もいたりして……日々葛藤《かっとう》だ」

ああもう、と冬弥が髪を掻き毟《むし》る。普段割と落ち着いたメンタルの持ち主なのだが、恋人相手だとそうもいかないらしい。動揺する冬弥に吏貢がけたけたと笑う。

「難儀だなあ、お前ら。別に我慢することないだろ。手を出したら出したで、なるようになるんじゃね？」

一体吏貢は恋人とどういう付き合い方をしているのかわからないが、そう簡単なことでもないのだと渓と冬弥は揃って息を吐いた。

「人間て、ないものねだりだよな」

ずずず、とストローでジュースを啜《すす》りながら、吏貢が肩を竦《すく》める。

「この贅沢《ぜいたく》者どもめ。甘えてくれることを感謝しとけよ」

珍しく己の恋愛事情の片鱗《へんりん》を口にした吏貢に、渓と冬弥は目配せをした。

相手は男で、しかも年上だ。ほんの少し上ならばともかく、十代で五つも離れていればこちらを子供扱いしてもおかしくない。だが七水は、そういう意味で渓を子供扱いしたことは一度もなかった。七水がそこまで深く考えているかはわからないが、甘えることで年下を甘やかしてくれているのかもしれない。

綻《ほころ》びそうになった口元を引き締めていると、吏貢がグラスについた水滴を飛ばしてきた。似たような表情をしていたのか、冬弥の顔にはストローの袋を投げつけている。

普段と変わらぬ表情だが、珍しく臍《へそ》を曲げた吏貢に、渓はにやりとする。

「お互い苦労するよな？」

揶揄《からか》うつもりで投げた言葉は自分にも跳ね返り、渓は息を吐く。

冬弥と吏貢も、同様に溜息を落とした。

ぼくのこいびと

棒針編みと鈎針《かぎばり》編みならば、鈎針編みのほうが得意だ。

鈎針のほうがセーターからぬいぐるみ、テーブルクロスのような大物まで、なんでも作りやすいような気がする。そして、これを言うと呆《あき》れられることが多いが、なによりも道具を失《な》くしにくいのも自分に合っていると思えた。

羽吹七水《はぶきななみ》は、己《おのれ》が粗忽《そこつ》者だという自覚がおおいにある。

棒針は二本セットで使うことが多い道具なので、一本失くすと当然ながら途端に機能しなくなるのだ。粗忽者ゆえに整理整頓《せいとん》には気を付けていて、意外と掃除好きなんだな、と恋人に感心されることもあるのだが、それでも失くしてしまうことがあった。

黙々と針を編み目にくぐらせ、七水は息を吐《つ》く。とりあえずこの辺でひと段落つけよう、と手を休めてそっと視線を上げる。

「あっ……」

テーブルの対面に座っていた恋人——茂永渓《もながけい》が、先程まで物凄い勢いで走らせていたシャープペンを握る手を止め、こちらをじっと見ている。

目が合うと、渓は切れ長の目をゆっくりと細めた。その顔は、初めて出会ったときよりもはるかに優しく笑む。

何度も何度も見ているのに、恋人が微笑《ほほえ》む度《たび》に、七水は繰り返しときめき続ける胸を押さえつけることになるのだ。

「け、渓くん。あの、おべんきょ、しなくていいの?」

「もう今日の分終わった」

「あ、そうなの?」

ほら、と見せられたノートは渓のきっちりとした文字で埋められている。自分が高校生だった時分には絶対に勉強していない内容に、七水は目を瞬かせた。

一体、どれほど前に終えていたのだろう。彼が勉強をしている間は手持ち無沙汰《ぶさた》なので、ちょっとした時間つぶしをするつもりだったのに、すっかり編み物に没頭してしまっていたらしい。

「ご、ごめんね。俺、ちょっとのつもりが……」

「いや、全然いいよ」

わたわたとコットンのレース糸を片付けながら、七水は唇を曲げる。

「……だって、折角渓くんがいるのに」

「いいんだよ。これも七水の仕事だろ?」

渓は、両想いになってからすぐに七水を「七水さん」から呼び捨てに変えた。理由は、渓の友達である吏貢《りく》や冬弥《とうや》と同じ呼び方なのが嫌だったから、らしい。

年長者を呼び捨てにしてごめんなさい、と言われたが、元々敬意を払われること自体が少ないし、恋人に特別な意識を持って呼ばれるのが嬉《うれ》しかったので異論はなかった。徐々に丁寧語も取れ、それが親密度が増したことの表れのようで、心が浮き立ったのを覚えている。

「今日はなに作ってたの？　コースターかなんか？」

触ってもいい？　と律儀に許可を得てから、渓が手を伸ばす。

花柄のモチーフ編みは、確かにコースターのようにも見えるが、それはまだ作品の一部にしか過ぎない。

「ううん。テーブルクロス。こういうの一杯作って、おっきい一枚に仕上げるんだよ」

「へえ……すごいな。気が遠くなりそう」

「えー？　俺は勉強のほうが気が遠くなっちゃうけどな～」

完成したら七水の職場である老人ホームの談話室に使うのだ。

それに、七水一人で編んでいるわけではなく、ホームの利用者の手遊びも兼ねて皆で作っている。だから実際は、それほど大変でもない。

今回は共同作業だが、七水が一人で作ることもある。そんな風に、昔から好きだった編み物や縫《ぬ》い物を老人ホームでしていたら、どういう縁か手芸作家なるものにもなってしまい、手が空いたときは販売店に下ろす商品を作るようにもなった。

それほど大量に作れるわけではなかったが、以前、趣味と実益を兼ねた職業だと渓に認めてもらえたことがある。それが、七水には誇らしかった。

「そんなことより、ごめんね。つい熱中しちゃって」

「だからいいって。俺も別に退屈しなかったし」

そう言って渓はモチーフ編みを置き、手を伸ばして七水の頬《ほお》に触れる。

指の腹でそっと撫《な》でられると、たったそれだけのことなのに背筋が震えた。変な風に思われやしないかと一瞬不安になったが、渓は特に気づく様子もなく口元を綻《ほころ》ばせる。

「……真剣な七水の顔見てると、結構面白いし」

「面白いって……ひどいなぁ」

怜悧《れいり》に整った渓に比べれば、それは少々面白いご面相かもしれないが。

——そこは可愛《かわい》いとか、綺麗《きれい》……はないか。でももうちょっとさぁ。

でも彼に楽しんでもらえるのなら、変な顔でよかったなぁ、と思えてしまうのだから、我ながら結構盲目的かもしれない。

もっと笑ってくれないかな、とにこにこしていると、渓はふっと無表情になり、七水の頬を抓《つね》った。

「いひゃい……なにすんの、けーくん」

「なにって、可愛がってやってるんじゃん」

普通に可愛がってくれればいいのに、結構いじめっこ的な愛だなと思いつつも、「可愛がる」という気持ちが渓にあると思うだけで、幸せな気持ちになってしまう。

ふにふにと指を動かす渓を見つめ、七水は不意に浮かんだ疑問を口にする。

「あのさ、『可愛がる』で思い出したんだけど……俺、可愛い？」

渓は七水からの問いに一瞬目を瞠《みは》る。微《かす》かな逡巡《しゅんじゅん》のあと、困ったように笑った。

「ああ、うん。……まあな」

ぼそぼそと答えて、渓は照れたように顔を赤くした。

——あっ、そういう意味で訊《き》いたんじゃなかったんだけど……。

実の祖母もだが、職場のお年寄りがよく「七水ちゃんは可愛いねえ」と言ってくれる。けれど、平均的に見て己の容姿が「可愛い」かというと、ちょっと微妙なところだと思うのだ。

つまりそれは「頼りない」というのと恐らく同義である。

もう二十二歳にもなることだし、かっこいいとか男らしいとか言って欲しい。自分はそんなに頼りないのだろうか——という意味での問いだったが、当然言葉が足りなすぎて通じていなかった。

六歳も年下の少年に、臆面もなくなにを訊いてるんだと、自分自身に呆れてしまう。

「……へへ」

本来の意図とは違ったけれど、思いもよらず渓に「可愛い」を肯定されたのが嬉しくて唇がむずむずしてしまう。

「あのね、渓くんもかっこいいよー」

「……そりゃドーモ……」

まだ頬に触れたままの渓の手の上に、己の手を重ねる。大きくなったなあ、と実感していると、渓が「七水」と呼んだ。

「うん？」

「顔貸せ」

そう言って、七水が顔を寄せるよりも早く、渓の顔が近づいてくる。

目を閉じる前に、渓の唇が重なってきた。

――やらかーい……。

幾度も重ねた唇だけれど、その柔らかさに七水は思わず笑んでしまう。

確かめるように何度も啄《ついば》むようにキスをして、渓は離れていった。もう少ししたかったな、と唇に人差し指で触れたが、我儘《わがまま》は言わない。

積極的になりすぎて呆れられるのは嫌だった。

「けーくん」

「けーじゃなくて、渓。ったく、気ぃ抜くとすぐ甘えた発音になるな」

怒った口調でもなくそう言って、渓は腰を上げた。

「じゃあ、そろそろお暇《いとま》するわ」

「えっ、帰っちゃうの？」

「うん。そろそろ六時になるし」

夕飯済ませてくるって言ってないから、と渓はテーブルの上の参考書を鞄《かばん》に放り込む。

いつもちんたらと身支度をする七水と違い、渓はあっという間に辞する準備を終わらせた。平日は七水が休みのとき以外はなかなか会えない。自分のことに没頭してしまって、彼との逢瀬《おうせ》を堪能できなかったことを今更に悔やむ。

「じゃ、またメールするから」

「あっ、待って……っ」

七水も慌てて立ち上がり、渓を追いかける。

「君枝《きみえ》さん、お邪魔しました」

階段を下りながら声をかけた渓に、居間にいた祖母が「またおいで」と声をかけている。それに応えながら、靴《くつ》を履き終わった渓は、どたばたと階段を駆け下りてきた七水を認めて苦笑した。

「別に、またすぐ会うんだから見送らなくても」

「いいの！　それであの、明日ね、俺休みなんだ。でさ、塾行くときまた寄ってくれる？　お弁当作ってるから」

七水の科白《せりふ》に、渓は顔に戸惑いを滲《にじ》ませる。

「七水、俺は嬉しいけどさ……あんまり無理して弁当とか作ってくれなくていいんだぞ」

「……あ、ごめんなさい」

やんわりと断られて、七水ははっとして謝罪を口にした。

七水はいままでに幾度か、渓に弁当を作ったことがある。予備校に行くときにパンを食べているというのでそれなら自分の作った弁当を食べて欲しいと思ったのだ。渓の通う予備校は七水の家の近くなので、ついでに寄ってもらって渡していた。

弁当を渡す度に渓は喜んでくれていたけれど、やはり迷惑だったのかもしれない。

――そうだよね。衛生的にも心配かもだし、いま大事なときなんだから万が一のことがあったら……あーもうほんと俺ってダメダメだぁ。

きっと、七水があんまり必死になって申し出るので、断り切れなかったのだろう。

ごめんね、と言いかけると、渓は再び七水の額を軽く叩《たた》いた。

「なんでお前が謝るんだよ。ごめん。言い方が悪かった」

「そうじゃないよ！　俺が」

「いや、最後まで聞け。弁当は嬉しいよ。俺、七水の料理好きだし」

渓のフォローに先程までの反省が吹っ飛び、「えっ」とうっかり喜んでしまう。

渓は苦笑いして、七水の頬をぐにぐにと引っ張る。

「でも、俺より七水のほうが忙しいだろ。体力使う仕事なんだから、たまの休みくらいきちんと休んで欲しいんだよ。弁当作るの当たり前になっちゃったら、本当にしんどいときでも作ろうとするだろ、多分」

「そんなこと」

ない、とは言い切れない。

だって、たとえ具合が悪くても大変でも、七水は渓に尽くすのが好きなのだ。

そう言うと、渓は難しそうな顔をして眉根《まゆね》を寄せた。

「渓くん、呆れてる？」

「うーん、俺にね。自分を大事にしろって怒るところなんだけど、そこまで七水に言われると、どうも顔が……」

顔？　と覗き込むと、渓は掠《かす》め取るようなキスを仕掛けてきた。

「け、渓くん……っ」

玄関先で、奥の居間にいる祖母の気配が気になるものの、不意打ちで恋人に触れられたら、どうしたって胸がきゅんとしてしまう。たまらなくなって七水は渓に抱きつこうと両手を広げた。

だが渓は、そんな七水に気づいているのかいないのか、勢いよく背を向けてしまった。

「……じゃ、お邪魔しました！」

抱きつこうとして空振りした行き場のない手を持て余しつつ、逃げるようにいなくなった渓を追って玄関を出る。

その背中に「メールするねー」と声をかけると、渓は振り向かないまま手を振った。

ちょっと寂しく思いながらも、七水は渓の姿が見えなくなるまで玄関先で手を振る。

見えなくなると途端に寒さを覚えて、七水はのろのろと自宅へ引き返した。自室へ戻り、先程まで渓の座っていた場所へ腰を下ろして、溜息《ためいき》を一つ零《こぼ》す。

「渓くんと、もっと一緒にいたいなぁ」

四六時中一緒にいたい、と思うのは我儘だ。そして、そんなのはどちらにとっても不可能だ。

それはわかっているのだけれど、こうして一人になると、寂しくて堪らなくなる。

はじめてキスしてもらって、渓と付き合うようになってから四年が経った。

その間、渓は中学生になり、卒業して、高校生になった。自分もなんとかヘルパーの試験に受かった。むしろ、特筆すべきは渓の進学よりも己がヘルパーの試験に受かったことかもしれない。

自分でも嫌になるほど座学が苦手で、当時小学生だった渓が見かねて勉強をみてくれたのだ。渓の友達である吏貢や冬弥もヤマを張るのを手伝ってくれたり、テスト問題を作ってくれたりした。

三人の小学生に囲まれて勉強を教わるという年上の沽券《こけん》など微塵《みじん》もない姿であったが、

その甲斐もあって無事合格し、七水は就職することもできたのだ。結局、その後自動車の免許を取る際にも再び彼らの力を借りることになってしまうのだが。未だに三人から「自分の受験より緊張した」などと言われる始末である。

ヘルパーは体力のいる仕事で、最初の頃は風呂《ふろ》で寝てしまうくらいに体力を消耗していて、渓を心配させたりしたものだ。

——多分、その頃のイメージが強いんだよね。俺、基本頑丈《がんじょう》なのに。

渓自身が大人になったということもあるのかもしれないが、彼はますます七水に優しくなった。

嬉しい反面、ちょっと残念に思っているのも本当だ。もとより自分より大人な彼だけれど、もうちょっとやんちゃなことをしてくれてもいいのに。

七水は布団《ふとん》を敷いて転がる。部屋の中に渓の匂《にお》いが残ってないか、鼻を鳴らした。

——……キスは、してくれるんだよなぁ。

今日は二回、キスしてくれた。

自分の唇を触って、渓の唇の感触を反芻《はんすう》する。

「渓くん……」

下唇を撫でながら、七水は指を口の中に差し込んだ。

爪《つめ》に歯を軽く立て、指先を舐《な》める。自分のではなくて、彼の指を舐めてみたい。渓は知らないだろうけれど、いつも手を伸ばされる度に、七水はそんな思いに囚《とら》われている。

幾度も食いつきそうになったけれど、嫌われる、という自制心が辛《かろ》うじて働いて、実行したことはまだない。

「ん……」

渓の指を想像しながら舌を這《は》わせ、七水は己の下肢《かし》に手を伸ばした。

ボトムの前をくつろげて、指を入れる。少しだけ立ち上がっていたものに触れて、熱っぽい息を吐いた。

「けぇ、くん」

指で舌を弄《いじ》り、口蓋《こうがい》のざらついた部分を擦る。

これが渓の指だったら、と想像するだけで、体が疼《うず》いた。渓の指は、男性らしい無骨さがありながらも、とても綺麗《きれい》な形をしている。スクエア型の爪も、いつも清潔に切り揃《そろ》えられていて美しい。

ペンを動かしているのが似合う指は、清廉な感じが七水にはしていて、いつも、汚してはいけないものを見ている気分になってしまうのだ。自分には縁のない勉学に励む指は、不可侵の聖域のような気さえする。

「ん、ん」

同時に、それを自分が汚すのを想像するとたまらなく興奮してしまう。

「ん、……っぁ」

そろそろ限界を迎えそうになり、七水は手を離す。

初めて会った頃よりも、少し大人っぽくなった彼の香りを思い出し、腰骨のあたりがぶるりと震える。

「渓くん、渓くん……っ」

――この変態。

頭の中に住む「渓くん」が、七水を見下ろして嗤《わら》う。

今日の「渓くん」は、ちょっとSっ気モードらしい。変態、と罵《ののし》られて、七水は必死に頷いた。

――ほら、こうされんのが好きなんだろうが。

「渓くん」は七水の前髪を掴《つか》み、大きく張りつめたものを七水に咥《くわ》えさせる。喉の奥の、口蓋の柔らかな部分を押されると、えずきそうになるのにどこか快楽を覚える自分もいるのだ。

喉の奥に直接体液をかけられるのを心待ちにしていたのに、へたくそと言われて頭を引き剥《は》がされる。

「や、もっと欲しい……っ」

――男の、こんなもん舐めて喜ぶなんて、おかしいんじゃないのか？

そう、自分はおかしいのだ。渓のことが好きで好きで、頭がおかしくなっている。年下の男の子に夢中になりすぎて、万年いやらしことを考えているのだ。

「おかしくていいから、もっと……」

青臭い体液で口の中を溢《あふ》れさせたい。それを舌の上で味わって、飲み込みたい。喉の奥がいがいがするあの感触を、渓のものを、じっくりと堪能したいのだ。

奥で吸われるのが嫌なら、と七水は舌を這わせる。アイスを舐めるときのように、端から丹念に舌で舐《ねぶ》った。

「んんー……っ」

そうしながら、自分のものを必死に弄り続ける。

——舐めるだけで感じてんのかよ、七水。……誰が勝手に弄っていいって言った？

「だ、って」

渓くんが触ってくんないから、という反論は、しゃぶっているせいで上手《うま》く言えない。だって、我慢できない。

——じゃあ、一人でいってみせろよ。見ててやるから。

「ん、ふ、ぅ……」

大好きな渓に見られてる、と思うだけで、全身がびりびりと痺《しび》れた。興奮して、おかしなくらい息が上がる。

体中の産毛《うぶげ》が総毛立ち、覚えのある感覚が体の奥から湧《わ》き上がってくるのがわかった。

「ん、だめ、いっちゃう……っ」

あっ、とか細い声を上げて七水は達した。

堪えていた熱が、弾《はじ》けるようにして一気に外に放出される。断続的に体液を零《こぼ》す自分のものが力を失くすまで、七水はぐりぐりと先端を弄った。

「はー……」

出すものを出し切り、深く息を吐く。

頭と下腹部に集中していた熱が体中に分散され、多少の冷静さを取り戻した。

舐め回し続けた指は真っ白にふやけている。唾液《だえき》にまみれた左手を見ながら、七水は嘆息した。

「また……やっちゃった……」

ひどい罪悪感に襲われながら、七水はティッシュで掌《てのひら》の汚れを拭《ぬぐ》った。

だが現金なもので、汚れを拭えば罪悪感まで一緒に落ちてしまい、想像の中の恋人にうっとりとしてしまう。

「はぁ……今日はSな渓くんだったな……かっこいいー」

出会った頃はまだ小学生だった渓と七水は、キス以上の関係を持ったことはただの一度もない。

それは渓が七水を大事にしてくれているから、というのもあるが、小中学生相手では流石《さすが》にまずい、というのはアホと言われる七水にもわかっていたからだ。

でも、人並みかそれ以上にやらしいことが好きだった七水の体は当然欲求不満になる。欲を発散するには、自分で処理をするしかなかった。

——最初は……そうだ、渓くんが中学校に入学したてのとき。

入学式のあと、渓は吏貢と冬弥と一緒に中学校の制服を披露しに来てくれた。黒い詰襟は中学生らしくもあり、けれどきりっとして大人びていた。祖母が三羽烏《がらす》だ、などと言って褒めていたが、三人とも本当に凛々《りり》しく勇ましく見えたものだ。

丁度七水は高校を卒業し、制服を着なくなった頃だったので、余計に眩しく見えたのを覚えている。

渓は、吏貢と冬弥と初めて一緒の学校に通えることになったこともあり、嬉しそうだった。だが渓に怒られそうなので、それを指摘することはしなかった。

そしてその夜、きっちりと襟のボタンを留めた渓をおかずに致してしまったのだ。

ストイックな制服姿を微塵も乱さない渓に裸に剥《む》かれて辱《はずかし》められる、というシチュエーションだった。

虚像の彼は、実際には身に付けていなかった白手袋をしていた。袖《そで》と手袋の隙間《すきま》から覗く素肌が艶《なま》めかしくて、ひどく高揚したのだ。

その日のプレイは手袋をはめた指を舐り、唾液でぐっしょりと濡《ぬ》らしてしまい、最終的にはそれで叩かれる、という変態まっしぐらなものだった。――勿論、あくまで妄想だ。

それがとてもよくて、以来、七水は自分の空想の世界の渓をおかずにしてしまっている。

頭の中で渓をとても変態に仕立て上げていて、色々なパターンを作りすぎて、もはや申し訳ないなどという言葉にも説得力がない。

――……こんなエッチなこと考えてるって知ったら、渓くん怒るかなぁ。

怒るよなぁ、と答えは聞くまでもなくわかっていて、七水は肩を落とす。これほど良心が痛むのならやめればいいのだが、いつも渓と会ったあとは堪らなくなってしまうのだ。

――本物としたいよう……。

だがそんなことを言ったら本当に軽蔑されてしまいそうで、怖くて言えない。

うっかり「いつもみたいに」なんて口走ってあらぬ誤解をされてしまいそうだ。浮気じゃない、と信じてもらうには日々の妄想を話さなければならないし、どっちみち敬遠されてしまう。

――こんなの知られたら、変態って言われて嫌われちゃうかも……。

そんなの絶対にいや、と自慰をしたあと決まって思うのに、今更改めることができない。

七水は窓を開けて部屋の換気をしつつ、己の不甲斐《ふがい》なさに肩を落とした。

日々悶々《もんもん》とはしているが、恋人との関係に満足をしていないかと言われればそんなことはない。

手作り弁当を作ることもできるし、基本的に渓はマメなので、メールの返信は勿論、時折様子伺いまでしてくれる。

体が夜泣きすることはあっても、キスをするのだけでも心は十分満たされていた。

休憩時間、同僚から「最近彼氏とはどうなの？」と訊かれて、七水は「ラブラブですっ」と盛大にのろけた。

自分から訊いておいて、最近彼氏と別れたばかりらしい神戸《かんべ》は七水の返答に思い切り顔を顰《しか》めた。

「……けっ。なんでこれに年下の有望株がついてて、あたしは独り身なのよ」

「これって……」

「神戸ちゃん。僻《ひが》みが口に出てる」

それを横から窘《たしな》めたのは神戸よりは年嵩《としかさ》の門馬《もんま》だ。門馬は既に五歳になる子持ちの主婦で、いつも冷静に七水の話を聞いてくれる。仕事中も、テンパりがちな七水や神戸のサポートをしてくれる頼れるお姉さんだ。

サイドテールの髪をまとめ直しながら、門馬は休憩所の席に腰を下ろした。

「でも、ななみんも彼氏と長いよねー。どんくらいだっけ？」

「えと、四年？　です」

「ていうかぶっちゃけ、恋人が中一の男の子ですって言ったときに、あたしゃ児童相談所に報告しようかと思ったわ」

神戸が言うことをもっともだと思うところもあって、七水は言葉に詰まる。

それを再び、門馬がフォローした。

「また神戸ちゃんはそうやって意地悪言う。いいじゃないの、ななみんはそういう変態とは違うってわかってるでしょ」

入社のころから知られているので、七水の性格などは二人ともわかっている。それに、恋愛話をしすぎて、二人がまだ手をつないだりキスしたり、というところまでしか進展していないのも知られていた。

神戸も意地悪顔を引っ込めて、まあねえ、と頷く。

「まあ、意気地《いくじ》や甲斐性がないとも言う気がするけど」

「神戸さぁん……」

「これこれ、いじめないの」

「だってぇ、今どき小学生でも初体験くらい済ませちゃってたりすることもあるのよ？　ななみんはとっくに二十歳超えてるし、相手の子だって高校生なのに健全なお付き合いしてるなんてさぁ」

神戸の言葉に、七水は頰を赤くする。神戸はその表情を見て、したり顔で頷いた。

「ははぁ……これはついに、することしちゃったみたいですよ、門馬センセ」

「先生じゃないし。……まあ、相手は高校生だしね。ななみんが妊娠することはないけど、まあ、節度ある交際を心掛けてね」

「ところで、男同士ってどうやるの？」

「あ、あの……誤解……っ」

うっかり一人で致しているときを思い出して頰を染めてしまったが、まだ彼とリアルにベッドを共にしたことはない。

ここは渓の名誉のためにも、慌てて首を振る。

「……そうなの？」

「だ、だって、そんなの急にできるはずないじゃないですか……」

七水は祖母と、渓は家族と同居だし、そんな機会は作らなければないし、ホテルに行く甲斐性もない。

あまり月給が高いほうでもないし、財布に余裕があったとして七水のおごりでホテルに行こうなんて言ったら、高校生の彼氏は引いてしまうかもしれない。

なにより渓がその気になってくれないと、こちらからはどうしようもないことだ。

「え、でも四年付き合ってるんでしょ？　そろそろしてたりすんじゃないの？」

「ですけど、その、本当にまだちゅーくらいしか……」

「ええ？」

先程児童相談所に通報、などと言ったくせに、神戸が盛大に驚いた声を上げた。

それを責めると、神戸はごめんごめんと笑う。

「だって、なんかななみんって顔も言動も頭も幼いけどなんか雰囲気エロいじゃない？　だからてっきりもう相手が高校入学したから食っちゃってるもんかと」

「神戸ちゃん、あんまりそういうこと言わないの」

雰囲気がエロいかどうかはわからないが、普段からいやらしいことを考えているので、外にそんな性癖が漏《も》れてしまっているのかもしれない。

慌てて頬を押さえると、神戸が頭を掻《か》いた。

「男同士の世界はよくわかんないけどさぁ、付き合っててなにもしなくていいって、そんなん普通あり得ないよ」

「で、でも」

それでも、キスくらいはしている。そう反論するより先に、神戸は畳《たた》み掛けてきた。

「そりゃ、他に発散する当てがあるとかなら別だけど、高校生男子なんてヤリたい盛りよ？　それをさせての一言もないなんておかしいって」

「そういうの人それぞれだからあんまり気にしなくていいのよ、ななみん」

折角門馬がフォローしてくれるが、散々に不安を煽《あお》られて、徐々に気になってきてしまう。

七水は高校生の頃、神戸の言うように「ヤりたい盛り」だった。恋人に体を触られるのは、自分でするよりも何倍も気持ちよくて、馬鹿みたいにせがんだこともある。

今でも渓に触って欲しくて一人で悶々と過ごしていると言うのに、そんな自分と比べて、確かに渓は理性的すぎるような気がした。

「――俺と違って、頭よくて冷静だからって思ってたけど……まさか他に好きな人がいるのかなぁ」

だから俺に触ってくんないのかなあ、と七水は呟《つぶや》く。自分が思ったよりも涙声になってしまって、情けなくて唇を噛《か》む。

「ななみん、あんま真に受けちゃダメだってば！」

門馬が焦《あせ》ったように、七水の目の前で手を振る。あとあんまり赤裸々に語るのもよしなさい、と窘められるが、そんな注意は右から左へと流れていってしまう。

好き合っている、という自信があったはずなのに、少しつつかれただけで罅《ひび》が入ってしまった。

「決めた、俺、渓くんにちゃんと聞いてみる」

渓の気持ちが知りたい、と意気込むと、神戸が首を傾《かし》げた。

「それはいいけど、でもそれで別れようって言われたらどうすんの？」

「……どうしよう……」

そこまで考えていなかった、と顔面蒼白《そうはく》になった七水を神戸が笑い飛ばす。そんな彼女の頭を、門馬が呆れ顔で叩いた。


七水の仕事はシフト制で、基本的には変則的に休みを取ることになっている。それでも必ず日曜日には休みを取ることにしていた。少しでも、渓と多く過ごせる時間が欲しいので、頭を下げて休みをもらっている。

翌日曜日、渓は先週七水が渡していた弁当箱を洗って持ってきてくれた。渓はいつも七水がプレゼントした手編みのマフラーをしてくれていて、今日は私服だというのに身に付けてくれている。

「おじゃまします」

「いらっしゃい。あがって」

久しぶりに一日一緒にいられるのは嬉しかったけれど、同僚と余計なことを話してしまったせいか、上手く顔を見られない。

「弁当ありがと。うまかった」

「ほんと？　嬉しい」

「俺コンビニとかじゃ滅多に買わないんだけど、七水のおにぎりの昆布《こんぶ》すげえ好き」

「え、よかった～。じゃあ、つぎもまた入れるね」

物凄く得意、というわけではないが、七水は料理をそれなりにしている。おにぎりに使う昆布の佃煮《つくだに》は手作りで、だしを取ったものを捨てずに再利用した一品だ。

渓が割と甘めのおかずが好きだということに気づいてからは、ちょっと甘めに味付けをするようになった。

基本的に祖母から教わった料理なのだが、七水が作ると渓仕様で甘めになっているものが多い。

「先、上に上がってて。お茶の用意するから」

「うん。あれ？　今日君枝さんいないんだ？」

いつもは居間から流れてくるテレビの音がしないことに気づいたらしい。渓に問われて、

「かなんかに出てる」

「うん。婦人会？　老人会？　女子会？　かなんかに出てる」

七水は頷いた。

「……ふうん」

そっか、と相槌《あいづち》を打って、渓が階段を上がっていく。お茶とお菓子を出して七水も部屋へ籠《こも》り、ちょっと雑談をしたあと、いつも通り渓が参考書を広げた。

ぼんやりとその横顔を眺めながら、七水は膝《ひざ》を抱えた。

――渓くんに訊いてみる、とか言っちゃったけど……なんて訊いたらいいのかな？「俺のこと、どう思ってる？」とかかなぁ。

先週同僚に煽られてから、ずっと訊きたかった言葉を七水は飲み込む。

絶対に訊くんだ、と勢い込んでいたものの、実際に彼を目の前にすると躊躇《ちゅうちょ》してしまった。

珍しく、ない頭を使ってものを考えてみたものの、うまく訊ける気がしない。

必要以上に深刻な声を出して、訝《いぶか》られてしまいそうだ。

じっと見つめていると、ふと渓の視線が向けられて七水はびくんと体を竦《すく》める。

「そんなに見られると、穴空きそうなんだけど」

「ご、ごめっ」

どんだけ凝視していたんだ、と慌てた拍子にテーブルの上のカップを倒しそうになって、流石に渓も目を丸くした。

「……なにしてんの」

「なんでもない！　ほんとになんでもないっ」

恥ずかしい、と顔を赤くしながら、七水はテーブルから距離を取る。

渓は苦笑して、逃げた七水を追うように身を乗り出した。

「七水」

「え、あの……っ」

渓の唇は七水の頬にキスをしてから、唇を奪っていく。

数日ぶりに触れる渓の唇は柔らかくて、息が乱れそうになる。

——あ、渓くんの匂い……。

目を閉じて唇に応えていると、ふわりと渓の香りが鼻腔《びくう》を突いた。残り香だけでも興奮するというのに、本物が近くにあると思うと堪らなかった。

「渓、くん……」

自分でもわかるくらい、甘えた声が出る。

渓はくすりと笑って、七水の肩を抱き寄せた。彼の首筋に顔を埋めて、匂いを嗅《か》ぐ。密着し、渓は七水の肩のラインをなぞりながら首筋に触れてきた。

——嬉しい。嬉しいけど——……っ。

七水は渓の胸を押し返して身を離した。

彼に若干背を向けるような形で、膝を抱える。

――これ以上触られたら、ムラムラしちゃうから！　近くにいたらものすっごい匂い嗅いじゃう。そしたら渓くん絶対引く！

落ち着け、冷静になれ、と七水は自分自身に言い聞かせる。膝に顔を埋めて暫く時間を置き、そっと顔を上げる。

渓はどこか不安げな表情をしたまま、先程と変わらぬ態勢で七水を見ていた。

「七水、どうかしたのか？」

「……渓くん。あのね」

言いかけて、七水は口を噤《つぐ》んだ。

好きで好きで、こんなに発情モードに入っているのが、些《いささ》か情けなく滑稽《こっけい》である自覚はある。

でも、渓はそうじゃない。渓は七水を見て欲情したりしないのだろう、きっと。

二人の気持ちの差のような気がして、それがこんなに寂しいとは思わなかった。

「渓くんは」

「うん」

キスはしてくれる。触ってもくれる。

でもそれ以上しないのは、七水に興味がないからだろうか。それとも、やっぱり男同士でそんな気にはなれないのか。——それとも、他に好きな人がいるから、七水との付き合いをこれ以上深くするつもりがないのだろうか。

想像したら悲しくて、でもそんなことを本人に訊くのは躊躇《ためら》われて、七水は唇を噛んだ。

「……渓くん」

「だから、なんだって？　……うわっ」

七水は泣きそうになるのを堪えながら、渓に抱きついた。

いつの間にか七水の背を追い越し、しっかりとした体つきになった。しゃがみこまなければキスもできなかったのに、今では彼の両腕の中に自分はすっぽりと収まる。

その成長過程を見守ってきたのは、自分だ。

彼の体を、他の誰かに渡すなんて、嫌だ。想像しただけでもひどい嫉妬《しっと》心と悲しみが湧いてきて、七水は渓の体にしがみつく。

「好きーっ！」

「……いや、うん、知ってるけど」

戸惑った声が返り、七水はもっと強い力で渓に縋《すが》った。

ふっと渓が息を吐き、七水の背中を撫でる。子供をあやすような優しい掌《てのひら》の温かさに、七水は再び泣きそうになった。

「なんだよ？　どうした？」

ちょっと困ったような、それでいてどこか安心させようとする響きを持った声は、七水を安堵《あんど》させた。

「好きだよぅ……好き、渓くんが好き」

いくら伝えても足りなくて、何度も好きだと繰り返す。

渓のシャツを握った拳は力を入れすぎて震えていた。

「七水……？」

「ずっと、ずっと好きなんだよー……」

「おい、七水？」

強張《こわば》った声音で、渓が名前を呼ぶ。彼は少し焦れたように、七水の肩を掴んで引き剥がした。

それがひどく頼りなく思えて、七水は手を伸ばして渓のシャツを引っ張る。

「……どうしたんだよ。なにかあったのか？」

「なにかって……」

渓に質《ただ》されて、ぎくりとする。

彼の好意を疑って、勝手に不安になっただけだ。口にすると馬鹿馬鹿しくて、却《かえ》って彼を呆れさせ、傷つけるような気がしてくる。

それに、どうしてそう思ったのかと訊かれたら返答に困るのもわかっていた。手を出してくれないから、などと言ったら心底呆れさせてしまうに違いない。

七水は慌てて首を振る。

だが、元々誤魔化すのが下手な七水と、勘のいい渓では分が悪いことは明白だ。

渓は険しい顔をして、七水の肩を掴む。

「……誰かに、なにかされたのか？」

意を決したように、渓が口を開く。

されたというか、不安を煽るようなことを言われたのは確かだ。首を振ったが、一瞬の表情を読まれたか、渓は眉間《みけん》に深い皺《しわ》を刻んだ。

「知ってるやつか？　どんな男だ？　なにされた？」

「へ？」

「心配するな。俺がなんとかしてやるから」

だから遠慮なく言え、と凄まれたが、一体なにを言われているのか一瞬わからなかった。

だが色々な要素を繋ぎ合わせて、渓にどんな誤解をされているのか悟って、七水はぶんぶんと首を横に振る。

「あ、いや……あの、ごめん。別に誰にもなにもされてないよ？」

「そうなのか？」

「うん。ま、紛らわしくてごめん」

本当にそういう意味ではなにも起こってないのだが、渓はまだ疑わしそうな目でこちらを眺めている。

「……なら、いいんだけど。七水ってそういうの隠すタイプだろ」

「そうでもないよ？　結構弱音吐くタイプじゃない？」

「馬鹿。俺はお前のアレがトラウマなんだぞ。割と」

渓の言っているのは、昔、元彼からの暴力から渓を逃がすために、身を差し出したことを言っているのだろう。

あんな姿を渓に見られるのは辛《つら》かったけれど、自分が少し我慢すれば渓を助けられるのだと思っていた。他に、選択の余地など七水にはなかったのだ。

自分が無力であることを知っていたから、どうすればいいのか、最善の道を考えたつもりだったのだ。だが結果的に、渓を傷つけることになってしまったことも、今はわかっている。

「……ごめん」

数年越しに謝ると、渓は整った顔を顰める。

なにかされたら言えよ、と言われたが、なんと答えたらいいのかわからなかった。

「……結構、忘れん坊だよね。渓くんも」

なんとなく気まずいまま解散し、玄関まで見送ったあと自室に引き返すと、ベッドの上にマフラーが忘れられていた。

そろそろ暖かくなってきているし、巻かなかったところで風邪を引くことはないだろう。

「来年は、なに編もうかな」

忘れられたマフラーは七水の手作りだ。商品として売っているものとは色違いで、渓のために作った一点物である。

渓はきっちりした性格らしく、物をぞんざいに扱わないのか、物持ちがいい。このマフラーは中学三年生の冬にあげたものだったが、毛玉もなく、まだ新品同様にきれいだ。

大切にしてくれているのはとても嬉しい。だが、そんなに丁重に扱われている無機物に嫉妬しているのも自覚して、苦笑する。

「いいなぁ。俺もマフラーだったら渓くんとずっと一緒にいられるかなぁ……。あ、でも冬にしか渓くんといらんないから駄目だ」

自作ブランドは『K・N』という名前で、由来は「適当」と答えているが、Kは勿論

「渓」から取っている。Nは「七水」のNだ。イニシャルを編み込んだマフラーを渡したいところだが、冷静に考えてそんなことをできるはずもないので、タグにブランド名を小さく刺繍することでフラストレーションを発散させている。

タグ付きの商品を渓に渡したときにばれるのではないかとひやひやしているのだが、聡《さと》い彼でも案外気づかないらしい。

「……これ、いつ返せるかなぁ」

特に理由もなくマフラーを首に巻くと、当然ながら渓の匂いがした。

――あ、渓くんの……。

まるで彼の腕に包まれているような気分になって、ふにゃりと頬が緩む。

くんくんと嗅いでいるうちに、体が疼くのを悟って、七水はカーペットの上に転がった。

もう熱を持ち始めている下肢《かし》に手を伸ばすと、待ちかねていたように自分のものがぴくんと跳ねた。

――うう、渓くんごめん……。

マフラーに顔を埋めて深く呼吸をすると、自分の体が発情するのがわかった。

「渓くん……」

今日はある意味実物があるので、特別な妄想なしでもいける気がする。ボトムをもどかしく思いながらすべて脱ぎ捨て、七水はマフラーに鼻をこすりつけた。

前を弄りながら、先走りで濡れた指を後ろに入れる。もう男を受け入れなくなって何年も経っているというのに、頻繁にこんなことをしているせいか柔らかいままだ。

きっとこんな自分を知られたら引かれる、と思うのに、意志が弱く快楽にも弱い七水にはやめることができなかった。

「く、っん」

ぐりぐりと先端や中を擦りながら、七水は唇を噛む。

「やらしくて、ごめんね……っ、渓くん……嫌いにならないで……」

実物に乗っからないから許して、と本人に言えるはずもない許しを請《こ》いながら、七水は喘《あえ》いだ。

くちゅ、と粘《ねば》ついた水音を立てて、恋人に触られているのを想像しながら扱《しご》きあげる。一番自分の好きなところを弄っていると、匂いを嗅いでいるせいか、七水の体はあっけなく上り詰めた。

「あ、渓くん、いく、いく……っ」

「——ごめん、七水。わすれも……」

掌にぴしゃりと熱い体液が叩きつけられたのと同時に、七水の部屋のドアが開いた。

「……あ……?」

気怠いくらいに肢体にまとわりついていた熱が、一瞬で霧散したのがわかる。

不測の事態に、七水は息すら止めていた。

ドアの前に立っていたのは、先程まで一緒にいた恋人だ。

渓は、開けたときとほぼ同じ態勢のまま、まるで凍りついたように微動だにしない。七水もまた、予想外の事態に固まっていた。

どれくらいそうしていたのか、一瞬とも数時間とも取れる静寂を破ったのは、渓のほうだった。

渓は顔色を変えないまま、間抜けな格好で転がっている七水の元に歩み寄った。きっと、なにをしていたかなど一目瞭然《りょうぜん》だろう。

七水は、渓の忘れていったマフラーを思い切り首に巻いている。考えたくはないが、恐らく匂いを嗅いでそれで自慰にふけっていたのもお見通しであることは明白だ。

「……忘れ物」

そう言って、渓は表情を崩さないまま、七水の首に巻かれているマフラーをくるくると剥ぎ取った。

そうして、特にコメントもないまま「お邪魔しました」と言ってドアを閉める。

呆然《ぼうぜん》と、すっかり萎《な》えたものを出しっぱなしにしたまま、七水はその姿を見送った。

「えっと……?」

妄想が過ぎて幻覚を見たか、と思う反面、それこそが現実逃避なのだと思い返す。

何度もその遣《や》り取りを頭の中で繰り返して、結局、とんでもないところを渓に見られたということを認めた。

「まずい……」

声に出すと急に実感が湧いてきて、七水は上体を起こした。

「流石のあんぽんたんな俺でもわかる……今の、今のまずいって……！」

自分がオカズにされていたと知ったら、きっと引いたに違いない。しかも、マフラーは興奮しすぎてよだれがついてしまったかもしれない。

だが、追いすがることもできず、さりとてなんとフォローしたらよいのかもわからない。打開策などなにも思いつかず、ただ混乱した。

気づけば、そのまま祖母が帰宅するまで部屋の電気もつけずに呆然としていた。


「……俺、七水さんのそういう……ええと、まっすぐなとこ、嫌いじゃないよ」

「吏貢が嫌いかどうかってのは問題じゃなくて……ええと、七水さん、とにかく気を確かに持ってください」

「二人とも、フォローしてくれてありがとう……」

昨日中に、七水は渓の親友二人に半泣きになりながら相談メールを送信していた。

いい加減他力本願なのはどうかと思うのだが、当事者であんぽんたんの自分が考えるより、部外者で優秀な頭脳の持ち主に訊いたほうが確実だと思ったのだ。

支離滅裂な内容だったにも関わらず、とにかく渓抜きで話し合いましょう、と冬弥から返事がきた。三人はまだ同じ予備校に通っていたので、その途中にあるファミレスで落ち合うことにした。今日は予備校が休みだというのに、二人とも七水の仕事終わりの時間に合わせて集ってくれた。

相談内容を聞いて、渓の親友である吏貢と冬弥は、ただただ困惑した顔をするばかりだ。

「あの、七水さん。聞いてしまったものはしょうがないし、差し出がましいんですけど、あまりそういう話は漏らさないほうがいいのでは……」

「なんで？　男同士だもん。なにをオカズにするって話くらいするでしょ⁉」

「そりゃしますけど、そういうのとは根本的に違うっつうかー……」

「友達の恋人が、友達をオカズにしてますってカミングアウトするのどんな顔して聞きゃいいんですか」

冬弥は、ちょっと説教じみたことを言って息を吐く。

いつも下ネタやいたずらを面白がる吏貢も、今回ばかりは苦笑していた。

「ていうか、こんな話七水さんから聞いたなんてばれたら、俺たちが渓に殺されるわ」

少々冗談交じりに吏貢が言うのに、七水は表情を曇《くも》らせる。

「そんなことないよ……渓くん、俺にあんまり興味ないし。きっと。そーしょくけーって言うかさぁ……」

七水は渓と一緒にいられるのが嬉しいけれど、渓はどう思っているかわからない。

憎からず思ってくれているのはわかる。可愛いなんて言ってくれることもあるのだ。

けれど、キスはしてくれてもそれ以上はしてくれない。それに、いつも悶々としている七水に比べて、渓は欲情なんてしたことありません、みたいな涼やかな顔をしている。

それが渓の性格だというのならしょうがないけれど、単に「七水には」欲情しない、というだけかもしれない。

そう捲《まく》し立てると、冬弥と吏貢は呆れ返った顔をした。

「いや、そんなことはないと……」

「渓くんて、冬弥くんと吏貢くんの前だとどうなの？　そういう話するの？」

「まあ、健全な男子高生ですからまったくしないということは……ないですけど」

「ほらやっぱり！」

そんなこと、七水の前ではおくびにも出さないし、七水に欲情しているとも思えない。

つまり、やっぱり七水では駄目なのだ。

「……そりゃさ、俺が下半身出してて引いたかもしんないけどさ。それに興奮してほしー、なんて言ったら流石に変態みたいだから言わないけど」

「七水さん。言ってる言ってる」

吏貢につっこまれて、七水は誤魔化すようにストローを齧《かじ》った。

七水は、渓が脱いでなくても十分興奮してしまう。近くにいて、渓の匂いがするだけで体が熱っぽくなって手を伸ばしてしまいそうになるのだ。

も、渓は違う。七水が自慰をしている状態を目の当たりにしたというのに、顔色ひとつ変えなかった。

恥ずかしい、ということも勿論だが、それがショックで七水は涙ぐむ。

「そんなことで引いたりしないって」

「渓は、ちゃんと七水さんのこと好きだし、大事に思ってると思うよ。俺の知ってる渓は、興味のない相手にはもっと冷たい。俺らは仲いいけど、それでも七水さんにするみたいな態度、渓は俺たちにはとらないよ」

「でも……」

二人がかりでフォローをしてもらうけれど、素直に頷けない。

基本的に楽天家で、すぐに人の言うことを鵜呑《うの》みにしてしまうけれど、渓のことになると思考回路が変わってしまうらしいのだ。

それを「馬鹿の考え休むに似たりって知ってる?」と渓に揶揄《やゆ》されることもある。

「でもね、いつも俺ばっかりどきどきしてる。キスはしてくれるけど、それだけでさ。それ以上絶対に俺に触らないようにしているし、触ろうとすると避けられるし……」

ぶちぶちと文句を言うと、吏貢と冬弥は顔を見合わせた。

そうして、二人同時に苦笑交じりの溜息を吐く。

「……人の気も知らないで……」

「なに?」

二人が零した文句の意味が分からずに首を傾げると、冬弥が頭を掻いた。

「それを大事にしてないって言われると、年下の彼氏としては結構辛いよ。七水さん」

「どういうこと?」

「大事だからだよ。七水さんのことが好きで、すごい大事だから、だからこそ触れないんだと俺は思うんだけど」

なあ、と冬弥がふると、吏貢も首肯する。

「俺が触って欲しいって思ってても? 触って欲しいし、触りたいって思ってくれてるのに触らないって、それって大事にしてるっていう?」

もしそれが本当なら、どうして触ってくれないのかわからない。

七水の言葉に、二人は少々虚を衝かれたような顔をした。

「俺は、触ってもらえないほうが不安だよ。言葉にしてくれるわけでもないし、全然わかんないよもう……」

「単にビビりなんだよ。俺だって、好きな人に触るのちょっと躊躇うよ？」

冬弥が言うのに、七水は眉を寄せる。

「……俺のこと、嫌いなんじゃないのかなって思うんだ。だから不安だよ」

「いや、それはないって」

なんでそんな風に言い切れるのか。冬弥も吏貢も、渓に本当に確かめたのだろうか。

そう詰《なじ》りそうになって、口を噤む。二人を責めるのはお門違いだとわかっているし、年上の自分の詮《せん》のない話を聞いてくれるだけで、十分感謝すべきなのだから。

だが黙ってうつむいた七水の心情を、二人は察してくれたらしい。冬弥が、七水さん、と労わるような声をかける。

「どうしてそんなこと思うの？　渓のこと、嫌いなやつとキスするような男だと思ってる？」

「ちが……そうじゃなくて」

渓を貶《おとし》めているのだと間接的に思い知らされて、七水は頭を振る。

そういうつもりではなくとも、七水が言っているのは渓を不実な男だと言っているのと同じだ。

不意に、テーブルの上の携帯電話が鳴った。一瞬、渓からかと思って慄《おのの》いたが、着電した携帯電話の持ち主は吏貢だった。

吏貢は液晶画面を見やり、席を立つ。

「あ、ごめん。俺だ。ちょっと席外します」

吏貢は電話を取り、化粧室のほうへと姿を消す。その背中を見送って、七水は息を吐いた。

「渓くんが悪いんじゃ、なくて。……だって俺、渓くんの前にもいっぱいいっぱい、付き合ってたし」

吏貢も冬弥も、それは多分知っている。

三人と初めて出会ったとき、七水は他の男と付き合っていた。そのせいで迷惑をかけたし、運がよいのか悪いのか、そのことをきっかけに渓と恋人になったのだ。

それに、渓にはそのときに最悪な場面を見られている。思い返して、七水は膝の上に載せた拳をぎゅっと握った。

「渓くんは、そーゆー、俺のだらしないとこ知ってるから。俺がどういう風に、他の男と付き合ってたのか、とか」

「……だから、七水さん自分でも言ってるけど、渓はそういうのはわかってて付き合ってるはずだよ」

冬弥の言葉に、七水は首を振る。

「だって、あのとき小学生だったじゃん。……そのときはよくわかってなかったけど、大人になって、そういうの汚いって思ったのかもしれない」

言葉にしてみて、初めて自分がなにを気にかけていたのか、わかった気がする。

元々惚れっぽくて、従順と言えば聞こえはいいが、惚れた相手の言いなりになることが多かった。常識的な判断力はなくて、恋人が言えば黒でも白だと言ってしまっていた。

そういう己の性格が、相手の性格を捻《ね》じ曲げることもあって、そういうときはいつも別れ際に愁嘆場を演じる羽目にもなった。前の恋人である宮良《みやら》のときがその典型で、相手もひどい依存体質だったせいで色々な人に迷惑をかけた。

渓はそこまで見越して、触らないのかもしれない。

自分で発した言葉に自分で傷ついて、七水は涙を零した。

「渓くんは優しいから、今更俺のこと見捨てるなんてできないんだよ。でも、触るのは嫌なんだ。きっと」

「そんなこと」

「だって俺、狡《ずる》いこと言った」

家族に捨てられて辛かったから、もう捨てるのも捨てられるのも嫌だと、小学生だった彼に吐露したことがある。

七水は、中学生の頃までは両親と兄の四人で暮らしていた。

だが、男と付き合っていることがバレて、捨てられたのだ。

両親は、罵ることもなく、泣くこともなく、ただ能面のような表情で七水に手荷物を渡した。明日からおばあちゃんと住みなさい。そう言って、家族の住む家から七水を締め出した。

捨てられた、というのは、本当は正しくない。父は七水が高校を卒業するまで、祖母に養育費を払っていたと聞いた。

忘れられているわけではない。だが、あくまでそれは義務からであり、七水とは関わり合いになりたくはないのだろう。礼の電話をすることも、許してもらえなかった。手を伸ばせないのに見せられる元の家族の気配が、七水には辛かった。

「……渓くんは、優しいから」

だから俺を捨てられない。そう言うと、冬弥は瞠目《どうもく》した。

「驚いた。意外とペシミストなんだね、七水さん」

「ぺし……?」

「マイナス思考ってこと。はいティッシュ」

涙を拭《ふ》けと言うことだろうか。有り難く受け取って、七水は涙と鼻水を拭う。

友達の恋人だからあんまり慰められなくてごめんね、と冬弥は付け足す。渓も、冬弥も、吏貢も、自分よりだいぶ年下のはずなのに、随分と大人だ。

「一人で考えたらどんどん悪い方向に行っちゃうよ。いいから、もっと二人で話してみたら?」

「でも……渓くん、なんにも言ってくれないかもしれない」

「さっき俺たちに言ったこと、渓には言ってないんだろ? じゃあ言ってからでも渓の気持ちを判断するのは遅くはないよ」

確かに、と七水は頷いた。

「一人で考えて結果が出るはずないよ。だって二人のことじゃない。……なんて、自分のことじゃないから言えるんだよね。こういうのは。無責任だな我ながら」

「冬弥くんも、悩み事があるの?」

「うん。俺の相手も七水さんみたいに結構考え込むタイプ。……今は、触られるの苦手みたいだから無理はしないけど。もしかしたら、七水さんみたいに触って欲しいって思ってくれてたらいいんだけど」

「さっき、相手に聞いてみろって言ったのは、冬弥くんだよ?」

「うん、だから、人のことだと言えるんだけどね……修行が足りない」

苦笑した冬弥の、年齢相応のところを見てちょっと和んでしまう。冬弥は慌てて声を潜め、「俺の話は内緒だよ」と念を押してきた。

悩んでるのは自分だけじゃない。そう思うと少しだけ勇気が湧く気がして、七水は笑顔で頷いた。

頑張って申し開きをしようと思っていたら、珍しく渓のほうから「うちに来い」とメールが入っていた。

少々乱暴な言葉遣いに、彼が苛立っているらしいことがわかり、メールだというのに七水は姿勢を正してしまった。

特に日付の指定がないということは、今日、すぐに渓の家に来いという意味なのだろう。明日はたまたま七水の仕事が休みなので断る理由もない。けれど、こんな風に唐突に誘われることなど初めてで、七水は少々面喰らってしまった。

ファミレスで冬弥と吏貢と別れて、七水はその足で渓の家へ向かう電車へと乗り込む。

渓の家は、七水の家からは電車を乗り継いで三十分ほどのところにある。数度遊びに行ったことはあるが、諸々の事情から、滅多に機会はない。

渓が七水の家に寄る分には、塾への通り道にあるということで定期券内なのだが、七水が行く分には遠回りになるので、いつも渓が七水の家に足を運んでくれていたのだ。

もっとも、渓の部屋は当然ながら渓の匂いがしていて若干興奮してしまい、いつも「行きたい」と「行ったらまずい」が交錯するので少々助かったという面もある。

――なんか、久しぶりでどきどきするなぁ。

渓は共働きの両親と、二歳年上の姉の四人家族だ。数年前、初めて遊びに行ったときは、たまたま渓の姉の美峡《みき》とその友達がいて、二人で女子高生に囲まれる羽目になった。

特に美峡には気に入られたらしく、番号まで交換してしまったのだ。結局その後、彼女のアドレスに連絡をしたことは殆どないのだが、渓が暫くイライラしていたのが印象的だったのでよく覚えている。

――渓くんが珍しくムッとしてて、可愛かったよなぁ。あれどっちに嫉妬してたのかな?

そんなことを思いながらも、呼び出された理由を思えば和んでなどいられない。

現実に一気に立ち戻り、七水は顔を青くする。

――……どうしよう。やっぱりあのときの話だよね。渓くん、怒ってるよね。あのときなにしてた？　って訊かれるのかな。それとも気持ち悪いから別れよう、とか？　確かに俺、気持ち悪いけどさー……でも、でもー……。

電車の手すりに縋りながら、七水はぐるぐると言い訳を考える。

なんであのタイミングであんなことしてしまったのだろう、と今更七水は悔やむ。時間が戻ってくれればいいのだが、現実問題そうはいかない。

詮のない後悔をしつつ、七水は久しぶりに向かった渓の自宅のチャイムを押す。

一分もしないうちに、ドアが開いた。

「——いらっしゃい」

中から出てきた渓はあからさまに不機嫌そうで、七水は回れ右をして逃げたくなる。だがそんなことを本当にすれば不興を買うのもわかっていて、必死に堪えた。

「あの、お邪魔します。これお土産《みやげ》……」

「……ありがとう」

途中、コンビニで買ってきたお菓子とジュースを渡すと、渓はむっつりとしたまま礼を言った。

——うわーん……やっぱり怒ってる……。

言い訳をする機会を作ってくれたのは嬉しいけれど、上手くまとまる保証などはどこにもなくて、泣きたくなった。

無言のまま踵《きびす》を返し、渓は二階の自室へと上がっていく。七水は気まずい思いに囚われながらも、大人しく後に続いた。

「どうぞ」

「お邪魔しまぁす……」

会釈をしながら入った渓の部屋は、以前とちょっと違っている気がする。前はもう少し子供っぽいものもあったような気がするが、今はシーツやカーテンなども、大人っぽくなっていた。

——それに……。

昔は、もう少し子供特有の甘ったるい匂いがしていた気がする。初めて会ったときはまだ声変わりも途中だったが、今は七水よりもずっと低い大人の男性のような声だ。

甘さのなくなった渓の匂いのする部屋に、七水は再び落ち着かない気持ちになる。

——やばいよー……。

あまり呼吸を乱さないようにと意識し過ぎて、なんだか余計に息が荒くなってしまう気がした。

「七水？　どうした？　具合悪いのか？」

「あっ、ちがっ……なんでもない、です」

怒っている様子だったのに、気にかけてくれるなんて優しい。そんな小さなことで喜びを噛みしめたものの、答えた七水に渓は目を眇めた。

再び落ちた沈黙に、気まずくなって七水は膝を抱える。

「あの、そう言えば、美峡ちゃんは？」

「……姉さん？」

何気なく訊いた言葉のなにが渓の逆鱗《げきりん》に触れたか、先程までよりもずっと地を這うような低い声が返る。

ひっと首を竦め、七水はびくびくと渓を見返した。

「いや、なんか静かだから……だ、誰もいないのかなって」

七水の返答に、渓は一瞬目を瞠り、舌を打った。どうやらまた、余計なことを言ってしまったらしい。

泣きそうになりながら、七水は唇を噛んだ。

「姉さんは、大学進学と同時に家を出たよ」

「そう、なの？」

それが本当なら二年も前に引っ越していたことになる。

そういえば、二年前に美峡から大学に合格したという報告メールを貰った覚えがあった。所在地が少々遠いところで、毎日通うのが大変だなあと思ったが、一人暮らしをしているのなら納得だ。

「そっか……お父さんとお母さんはお仕事だよね？　じゃあ、今俺たちしかいないの？」

何気なく訊いたセリフに、渓が微かに顔を顰めた。

どうしてそんな顔をするのか、と訊くよりも先に、渓が対面に腰を下ろし、口を開く。

「そんなことより、今日どこにいた?」

「どこって……」

特段隠すつもりはなかったが、彼の友達を呼び出してしまったことに多少の後ろめたさは感じていて、躊躇する。

どうしよう、と口ごもっていると、渓が息を吐いた。

「……七水んちの近くのファミレスにいたろ」

「見てたの?」

首を傾げた七水に、渓は少々ばつの悪そうな顔をした。

「だったら」

声をかけてくれれば、と言いかけたが、あんな相談をしているとばれたら、考えなしだと渓を怒らせるかもしれない。そんな危惧《きぐ》もあって、七水はそのまま押し黙った。

渓はじっと七水を見下ろし、小さく嘆息する。

「今日は予備校行く用事があったんだよ。そしたら、たまたま七水を見つけて……」

三人の通う予備校は、七水の家と最寄の駅が一緒だ。今日吏貢と冬弥と待ち合わせたファミリーレストランは予備校のすぐ近くにあり、中高生が利用している姿もよく見かける。そこに渓が通りかかってもなんの不思議もない。

渓は七水を一瞥《いちべつ》し、頭を掻く。

「なにしてたんだよ。冬弥と二人で」

「え……？」

冬弥の他に、吏貢も一緒にいたはずだ。渓は一体いつのことを言っているのだろう、と疑問が浮かび、返答が遅れてしまう。

そのせいで、別の誤解をしたらしい渓は、不機嫌そうな顔になった。

「……冬弥には話せて、俺には話せない？」

「えっ！　あの……そんなことは」

 ないけれど、内容が内容なだけに少し躊躇する。

 確かに、あのとき話していたことは渓に問い質そうとは思っていたけれど、こんなに早くするつもりはなかったのだ。

自分なりに整理してから話したかったし、今日は渓に呼び出されたことで頭が一杯で、考えている時間はなかった。

七水の狼狽《ろうばい》ぶりをどう受け取ったのか、渓はカーペットの敷かれた床をどんと叩く。

「じゃあなんだよ。……なにしてた。なんで、他の男の前で泣いた」

「え、あ」

確かに、七水は冬弥の前で泣いた。それは吏貢が電話だと言って立ったタイミングで、渓が七水と冬弥が二人きりだと思った理由に思い至る。七水は「違う」と慌てて首を振った。

「あの、吏貢くんもいたよ。たまたまそのとき電話しに行ってていなかっただけで……」

「吏貢がいたかどうかは割とどうでもいい。問題は、俺には話さないで二人には話せることだったのかってことだ。……それとも、本当に俺には言いたくない話なわけ？　そうやって誤魔化すのは」

誤魔化してなんかいない。誤解だと、七水はぶんぶんと頭を振る。

「渓くん、俺を呼び出したのって……その話？」

「……それがなにか問題？　やっぱり俺に訊かれたくないの？」

「ち、ちが」

てっきり、先日の「渓の私物を嗅ぎながら自慰に耽《ふけ》っていた問題」を槍玉《やりだま》にあげられると思っていたのだ。

渓にとってはそれよりも、冬弥たちと話していたことのほうが問題なのだろうか。ということが不思議で訊いてしまっただけである。だから、今はちょっと混乱していた。

そう言いたいのに、渓は畳み掛けるように言葉を継いだ。

「なにか、悩みがあるのか？」

「そりゃ……」

頭の悪い七水にだって悩みくらいあるし、渓のことに限ってはずっと、不安に思っていたり欲求不満になったりしていることだってある。それに、前回醜態を晒《さら》してしまったことだって、七水はずっと気にかかっていた。

七水は、渓のことが好きなのだ。彼が小学生だった頃からずっと。

だから両想いになったら、今度は振られるのが怖くなる。七水にとっての恋愛は、悩むことのほうが多い。

答えあぐねていると、渓に手首を掴まれた。はっと顔を上げた七水を、渓は強引に引き寄せる。

バランスを崩したが、渓は七水の手首を引っ張るようにして支える。

「悩んでるなら、どうして俺に訊かないんだよ？」

「別に、渓くんに言ってないわけじゃないよ。ただ……」

骨が軋むほど、強い力で握られて、七水は顔を顰める。

乱暴ではないけれど、渓がこんな風に力任せに七水を扱うのは初めてだ。それほど、彼を不愉快にさせているのかと思うと、胸がひんやりとする。

「俺に言えないことで悩んでるのか？　恋人に言えない、泣くほどの悩みってなんだよ」

「渓、くん……っ、痛い……！」

悲鳴じみた声を上げても、渓は拘束を緩めてはくれない。

どうしてこんなに怒らせてしまったのかわからなくて、七水は泣きそうになった。

「渓くん……」

「……七水、お前俺のこと、もう嫌になったのか？」

別れたいのか、と重ねられて、七水は思わず目を剥いた。

全く予想していなかった言葉に、唖然《あぜん》としてしまって否定の言葉が咄嗟《とっさ》に発せられなかった。

渓は眉を顰《ひそ》め、歯噛みする。

「だから、冬弥に泣いて相談してた？　泣くほど、俺と別れたい？　でも、俺に言い出せなかった？　──俺、そんなにお前に怖い思いさせてたか？」

そう言って、渓の手から力が抜けた。

七水は顔を上げて、渓の顔を見つめ返す。

渓は頼りなげな、泣きそうな顔をしていた。そこで初めて七水は、自分が渓を悲しませているのだと知った。

いつも大人っぽいと思っていた渓が、年相応の頼りなさを見せている。

「嫌になったなら、言ってくれて構わない。別れたいなら……怒ったりしないから、正直に言ってくれよ。俺は、お前を泣かせるほうが辛いから」

七水はなんと言ったらいいかわからなくなって、渓に抱きつく。

「そんなこと、思ってない！」

「七水」

「ごめん、ごめん……！　違うんだ、俺、そうじゃなくて……」

まさかそんな誤解をされるとは思っていなかった。

自分は渓よりもよっぽど愛情表現をしていると思っていたし、渓に振られることはあっても渓を振ることなんてないと自負している。

だから、渓がそんな風に不安になるかもしれないなんて、思ってもみなかった。

それに、渓の匂いを嗅ぎながらあんなことをしている現場を見て、どうしてそんな風に思うのだろう。

「……じゃあ、なんだよ。一体、なにを話してたんだ？」

「それは、その」

まだ言う覚悟ができていないので、なんとか誤魔化したい。

だが、自分の脳みその出来を考えれば、気の利いた言い訳ができる気もしない。せめてもう少し考えをまとめる時間が欲しかったが、早く答えないと渓が離れて行ってしまうような気がしていた。

「……渓くんが、浮気したかと思って」

「――はぁ!?」

先程までの頼りない表情を一瞬でふっ飛ばし、渓が表情を険しくする。

その顔を見て、自分がとんでもないことを言ってしまったのだとわかった。

「あ、ごめん！　嘘！　今のなし！」

「聞き捨てならないな。どういう意味だ、七水」

浮気ではなく、「もう自分に興味がなくなったのかもしれない。他に、好きな人ができたのかも」という不安を端的に表そうと思って、似て非なる単語を口走ってしまった。

彼の気持ちを疑うような言葉を言いたかったわけではないが、言ってしまった言葉は取り消せない。

「俺がいつそんなことした？」

「だから、ごめんってば。言い間違えただけで」

「そんな言い間違いがあるか。なにを根拠にそう思った？　言え、七水！」

「ひっ」

怒鳴られて、七水は首を竦める。

——怒ってる……そりゃ怒るよね。

でも本当に、自分が馬鹿で言い間違っただけなのだ。だが、そんな都合のいい言い訳が立つとも思えない。七水だって当事者だったら信じられないだろう。

「だって」

「だって？」

「だって渓くんが俺に触ってくんないから――……っ」

「ばっ……、急になんの話だ！」

欲求不満と言われようが、結局行きつくところはそこなのだ。急に、というが、別に全く無関係だという話でもない。

もう言ってしまったからいいやと、七水は正直に気持ちを暴露することにした。

「だってそうじゃん……俺に触りたくないんでしょ、渓くん」

好きなら触りたい。触って欲しい。そう考えるのが自然なのではないだろうか。少なくとも、七水はそうだ。

「キスだけじゃ、足りない。でも、キス以上はできない？　俺にそんな気起きない？　俺を相手にすんのヤダ？　エッチなことすんのは、女の子がいい？」

迫りながら問うと、渓は焦った顔をしてじりじりと後退した。

その姿を見て、やっぱり、と合点がいったし、じゃあなんで今自分が怒られているのかわからなくて、七水はまた泣きそうになる。

「ほら、やっぱそうじゃん。もう俺のこと、好きじゃなくなったんでしょ？　やっぱり男同士じゃ嫌なんだ」

「そんなこと言ってないだろ。ていうか、どうしてそんな論法になるんだ」

「論法なんてしらないよ。じゃあ、どうして逃げるの⁉　……俺のこと嫌になった？　渓くんのマフラーの匂い嗅ぎながらオナってたからキモくなった⁉」

「おま……っ」

渓は慌てたように、七水の口を塞ぐ。

別に、家の中に誰もいないのだから構うものか。七水はむっとして、渓の掌に歯を立てた。びくりと震えた掌に、舌を這わせる。

「七水」

奉仕するように、七水は渓の指を丹念に舐める。あれだけ、侵してはいけない領域のような気がしていた潔癖そうな手を舐ってしまったのは、ちょっと自棄《やけ》になっていたのかもしれない。

逃げない手指を味わいながら、七水は目を眇めた。

「……こんな風にしたいって、やらしいことばっか考えてるんだよ。俺。ずっと」

渓は嫌かもしれないけれど、それが七水の本音だ。

「だって……渓くんのこと好きなんだもん」

傷はつけないよう、渓の指の関節に歯を立てる。渓は小さく息を飲んで、顔を顰めた。

「待て、七水」

「イヤ」

「……いいから、待て。色々お互いに誤解がある気がする」

掌で押し止め、渓は立ち上がる。折角色っぽい空気になったのに、と不満に思ったが、大人しく言うことを聞く。

渓は机からルーズリーフとペンを持ってきて、テーブルの上に置いた。

一体なにが始まるのかときょとんとしていると、渓はペンを握って七水を見据える。

「まずまとめよう」

「……はい？」

「まず、七水が疑問に思ってること、不安に思ってることを全部言ってみろ」

「全部って……」

急に言われても咄嗟には出てこないし、それで呆れられたと思うとうまく口が開かない。

「体系立てて考えなくていい。思ったことをそのまま言って。同じこと何回も言ってもいいから。……まず、どうして浮気なんて話になった？」

言い淀《よど》んでいる七水に、渓は一つ質問を投げて喋《しゃべ》らせる。会話の糸口を見出すと、あとは取り留めもなく言葉が零れた。

渓は宣言した通り、同じことを何度言っても怒らなかったし、言葉に詰まると導くように会話を継いでくれたりしながら、ノートに七水の言葉を時系列に書きとめていく。

書き出してしまうと、些末《さまつ》で馬鹿馬鹿しいことのように思えることばかりだった。先程渓が言ったように、「どうしてこんな結論になったんだ？」と己のことなのに疑問も出てくる。だが、七水は本気で悩んでいたのだ。

それはわかってくれているらしく、渓も七水の惑乱を嗤《わら》ったりはしなかった。じっと文字の羅列を見つめながら、時折小さな息を吐く。

七水は色々と口にしたことで気持ちが落ち着いたし、渓もまた、詰問《きつもん》してきたときのような荒々しい雰囲気は見られない。恐らく、七水の言葉を並べて、渓がしていた「誤解」というものが解けたのかもしれない。

渓はペンを置き、深々と嘆息した。

「……ごめん」

唐突に謝った渓に、七水は瞠目する。

「なんで、渓くんが謝るの」

「不安にさせたな。悪かった」

そう言って、優しく髪を撫でてくれた渓に、七水は再び泣きそうになって頭を振った。

「悪いのは、俺だよ。こんな、すっごいくだらないこと……」

「くだらなくなんてないだろ。俺と七水は『恋愛』してるんだから、ちっちゃいことでも意味ないことなんてないよ」

俺の嫉妬だって取るに足らないぞと苦笑し、渓は綺麗な文字で書かれた文字の羅列を指でなぞる。

「七水に手を出さなかったのは、興味がないからじゃないよ。寧《むし》ろ逆」

「逆って？」

「ずっと、手を出したくてたまんなかった。無防備に七水が近づいてくると、もうなんかしそうで」

参った、と渓が眉尻《まゆじり》を下げる。

曰《いわ》く中学生のときも勿論、高校に入ってからのほうがその欲求は顕著だったらしい。自分のことでいっぱいいっぱいで、全然気づかなかった。

「……してくれて、よかったのに」

七水の言葉に、渓は盛大に顔を顰めた。

「七水、淫行って言葉知ってるか？」

「いんこー？　大人が子供にエッチなことする犯罪でしょ？」

別に今その話は関係ないのでは、と訝しむと、渓は呆れ顔を作って七水の鼻を摘《つ》まんだ。

「ふぎゅっ」

「こんなリアクションする男を大人だと思いたくはないけどな。公的には七水はとっくに成人。俺はまだまだ未成年で子供。つまり、お前と俺がエッチなことしたら駄目なんだよ」

「ええー⁉　子供って、子供料金払うのが子供じゃないの⁉」

渓くん大人じゃん、と訴えると、渓は七水の鼻から手を離し、眉を顰めた。

「……七水、学校でなにを勉強してたんだ？」

確実に渓と同じことは勉強していないと思う。そう口には出さなかったが、渓は「常識くらいはどこでも教える」と渋い顔をして先手を打った。

「……え、てことは高校生でエッチしちゃダメだったの⁉　俺高校のときいっぱい犯罪しちゃった⁉」

どうしよう、と取り乱す七水に、渓はすっと表情を失くした。物凄く、不機嫌なときにする顔だ。

——あれ？　俺またなんか馬鹿なこと言っちゃった？

渓は人形のように無表情のまま、頭を掻く。

「……でもま、ちょっとくらいフライングしてもいいだろ」

「へ？　ふぁっ」

渓はあっという間に距離を詰め、唇を奪っていく。

「ん、く」

いつもより深い咬合《こうごう》に、七水は胸を押さえた。そうしないと、激しく騒ぎ出した心臓の音を聞かれてしまいそうな気がしたのだ。

「んん」

舌を甘噛みされて、項《うなじ》のあたりがちりちりとざわめく。これ以上されたら、体が疼いてしまう、と胸を押し返したが、腰を抱き寄せられて更に深いキスを仕掛けられた。腰の骨を軽く押されて、背筋が震えた。

「ん……、あっ」

口の中を愛撫《あいぶ》するように舐めて、渓が口を離す。

最初の頃こそ七水のほうが経験がある、という自負があったのに、すっかりイニシアチブを取られるようになってしまった。やはり、勉強ができる人はこういうこともうまいのだろうか、と七水は疑問に思う。

「ねえ、渓くん」

「ん?」

「やっぱり俺がしてるの見たとき……引いたよね」

渓の私物を嗅ぎながら、というあたりも酷いし、人の自慰なんて見るものではない。

七水の問いに、渓はなぜかひどくばつの悪そうな顔をした。

「……なんでそう思うんだ?」

「だって、忘れ物とってすぐ帰っちゃったじゃない。なんも言わないで」

「当たり前だろうが」

少し怒った声で言われて、七水は首を竦める。やっぱり怒ってるじゃないか、と涙目になって見つめると、渓に額を叩かれた。

「いったぁ」

「冷静な顔してんので精一杯だったんだよ……」

「冷静って、なんで？」

「……あんなとこで、襲いかかるわけにいかないだろ。君枝さんがいつ帰ってくるかもわかんないんだし」

襲いかかる、と鸚鵡《おうむ》返しに口にして、二人で揃って顔を赤くしてしまった。多分、お互いに違う理由で、だけれど。

──そっか、冷静にならないと、襲いかかっちゃうんだ……。

よかった、と言っていいのかはわからないが、安堵した。自分に色気がないのはわかっていたから、恋人がその気になってくれる程度には興味を持ってくれていたのだと知って嬉しい。

散々脅してくれた同僚には、なんの問題もなくラブラブだと言ってやろう。

嬉々《きき》としながら渓の袖を引く。渓はしかし、浮かない顔をして嘆声《たんせい》を漏らした。

「暫く使えないぞ、あのマフラー……」

「なんで？　俺の涎《よだれ》ついてたから？　ごめんね」

洗えばいいよ、と提案すると、渓は唇を引き結んで頭を掻いた。

「馬鹿。お前があんな風になってたの思い出して、大変なことになるからに決まってんだろ」

恥ずかしそうにそう告げて、渓は顔を逸らす。

へへ、と照れ笑いをして、七水は渓に抱きついた。

「今日、誰もいないいんだよね？」

「……まあな」

離れろ、と押し返す手が本気じゃないのがわかって、七水はますます体を寄せる。

「じゃあ、今日、最初からちょっとはそのつもりだった？」

「……」

無言のまま、渓は視線を彷徨《さまよ》わせる。いつも冷静に見える彼の目元がうっすらと朱を刷《は》いて、それが可愛くもあり色っぽくもあった。

七水は顔を近づけ、頬骨の少し上あたりを舐める。びくりと渓の肩が揺れた。

「っ、七水」

「渓くん、さっき言ったよね」

「な、なにがだよ」

珍しく狼狽えた雰囲気の渓の手を取り、自分の胸の上へ導く。早鐘を打つ胸を伝えたかったわけではなくて、ただ自分に触れて欲しかった。

「……フライング、して?」

渓は一瞬ぎくりと体を強張らせ、それからおもむろに立ち上がった。

どこへ行くの、と問うより先に、抱き上げられてベッドの上に放り投げられる。

「わ……っ」

態勢を入れ替える前に、渓は七水の腰に跨《また》がった。見下ろす渓の顔が今まで見たことも
ないほど熱っぽくて、七水はぞくりと身を震わせる。

期待に満ちて震える指を伸ばし、渓のボトムのボタンに指をかけた。

「一杯触って?　……抱いて」

好きなだけして、と言い募り、七水は微笑む。

喉を微かに上下させ、渓は七水の服に触れた。

渓の前で、自分で準備をするのは恥ずかしかったけれど、七水は彼を受け入れる場所を
丹念に解《ほぐ》した。
経験があるということを知ったら渓が興醒《きょうざ》めするのではないかと思ったのだけれど、渓
が「教えて」と言ってきたのだ。
するところを見たら、ちゃんと覚えて次からは俺がするから、と。

いつから用意していたのか、渓の部屋にあったローションを使って、渓の目の前で準備をする事態になってしまった。

ベッドの上で、壁に背を預けながら、渓に向かって足を開くのは、非常に恥ずかしい。それでも対面で七水の下肢を真剣な顔で覗き込む渓に、文句は言えなかった。

「ん、ん」

渓と付き合ってから、当然男のものを受け入れたことのない場所ではあるが、それなりに弄っていた場所はすぐに慣れた様子で綻んだ。それも、恥ずかしい。

粘度《ねんど》の高いローションで濡れた指を徐々に増やして広げ、何度も抜き差しをする。自慰を見られているような気分になりながら、七水は膝を震わせた。

「指、徐々に増やすんだ。まあ、いきなり入れたらきついよな」

「……ん、それで、ちょっとずつ広げて……」

息がかかるくらい近づく渓に、七水は声を上げそうになる。

——あんまり、見ないでよー……！

いやらしい姿を見られるのに、本気で羞恥《しゅうち》を覚える。

ぱくぱくと物欲しげに蠢《うごめ》く箇所にローションを塗り込めていると、渓は不意に七水の膝頭に触れた。

「あっ」

羞恥から閉じかけていた膝を、勢いよく割られる。

「け、渓く……」

「見せろって言ったろ。後学のために、ちゃんとやれよ」

ふ、と唇を歪めて、渓が笑う。

――意地悪だ……でも、そんな意地悪な渓くんもかっこいい……！

うっとりと見惚れていると、渓は七水を見つめながら人差し指を舐めた。

そして、おもむろにそれを七水の中に捩じ込む。

「ひゃ、ぁっ」

急に増やされた指に、七水は甘ったるい悲鳴を上げた。

「あ、あっ」

「ああ、悪い。痛かった？」

そんなはずない、と言いたげな口調で問われ、七水は涙目で唇を噛む。

声を聞いてわかっているくせに。そう思うのに、体の中に渓の指が入っている状況に気が昂《たかぶ》って、声にならなかった。自分の指と渓の指が擦れて、体の中で蠢いている。その事実だけで体が熱くなった。

ふるふると首を振り、七水は唇を開く。

「……渓くんの指、入ってる……」

わかりきったことしか言えなかったけれど、渓は満足げに微笑んだ。

「うん。一本だけな。どこ触って欲しい？」

ぐり、と深い場所まで入れられて、七水は体を丸めた。

「上の、とこ……擦って」

それでも欲求を口にした七水に、渓は首肯する。

「あ、ぅ、あ！　っ、あぁ」

「ここ？　それともこっち？」

一番感じるところを逸れていった指に、唇から「あぁ……」と残念そうな声が漏れた。

「ちが、さっきの……もっと入口のとこ……っ」

先程は恥じ入って足を閉じたくせに、今は一番いいところを擦って欲しくて大きく足を広げている。

こんな自分に呆れはしないだろうかと不安に思ったけれど、触ってもらいたくてたまらない。渓の指は応えるように、七水が望む場所に巧みに触れた。

「あ、あっ、気持ち、ぃ……っ」

「奥は？」

指の入らないくらい深いところ。

唆《そそのか》すような声に、指も、それを咥えた場所も、快感の兆《きざ》しを零す場所もびくびくと震えた。浅いところにも、深いところにも七水の乱れる場所がある。でも深い部分は、何年も暴かれていなかった。

期待しているのがありありな体を恥じて、七水は歯を食いしばる。それを咎《とが》めるように、渓は浅い部分を優しく擦り続けた。

「七水？」

「ひっ、ぅ……渓、くん……っ、も、いいよ……」

気持ちはいいけれど、これ以上されたら欲求不満で頭がおかしくなってしまいそうだ。もうやだ、と首を振ると、渓が指を引き抜いた。もどかしいくらいに疼く体を持て余して、七水は両腕を伸ばして渓の首にしがみついた。

「して、っ……して」

ちゅ、と耳元でキスをする音がする。優しく体を引き剥がされて、七水はうつぶせに転がされた。

七水は力の入らない上半身を必死に支えながら、よろよろと腰を上げる。背後から、ふっと笑う気配がした。

「なんだよ。随分段取りいいな」

「だって」

揶揄するような響きに泣きそうになりながらも、七水は首を振る。早く、疼いている場所をなんとかして欲しいのに。

渓はきっとそんなのはお見通しだろうに、待ちきれずに震える場所を擦るばかりでなかなか望むものをくれない。

「や1……」

焦らさないでと首を振ると、ぺちんと尻を叩かれた。小さな刺激に、体が自然と震える。

「広げとけよ、七水」

「ん……」

随分と意地の悪いことを言う。けれど、その言葉にいちいち感じ入っている自分も相当なものだ。

七水は言われた通りに彼を受け入れる場所を広げ、そのときを待つ。

「あ……っ」

押し当てられた固い熱が、足の付け根にあたった。揶揄《からか》うように尻をつついた後、七水が丹念に解した場所にくぷんと濡れた音を立てて入ってくる。

「っ、うん……っ」

ゆっくりと体を割る渓のものに、体が小刻みに震えた。ずっと妄想の中で存在していたものが、本当に自分を侵食しているのだ。

——渓くんのが……本物が、入ってきてる……!

文字通り夢にまで見ていたその感触に、頭や心臓が爆発しそうだった。固くて大きい熱に、息が震えた。

「は、ぅー……」

興奮しすぎて、呼吸が荒くなってしまう。

きっと七水の体を傷つけないように、とゆっくりしてくれているのだろうが、却って生殺しのような気分になる。

はふはふと息をしていると、渓が心配げに覗き込んできた。

「七水？　大丈夫か？」

額はうっすら汗ばみ、彼も快楽を感じているのだろう、頬を上気させている。その表情が情欲を感じさせて、七水を興奮させた。

いつもストイックな雰囲気の渓を乱している。自分の体が、彼を感じさせているのだ。

七水はきゅんきゅんと締め付けられる胸に呼吸を乱し、両手で口元を押さえた。

「っ、……七水？」

つい、渓を締め付けてしまったのだろう。切なげな声が七水の鼓膜を震わせる。

いつもよりずっと色っぽい恋人の声が、たまらなかった。

「どうした？」

顔を覗かれて、七水はぜいぜいと喘ぐ。

「は……」

「は？」

「はなぢでそう……っ」

渓の色気にやられて、もしかしたらもう出ているかもしれない。

鼻と口を覆いながらふんふんと呼吸をしていると、渓は一瞬虚をつかれたような顔になり、吹き出した。

「おま……もうちょっと色気のあること言えよ」

くくくと笑う彼に、七水はごめんと謝る。けれど、七水もつい笑ってしまった。

「馬鹿だからむり」

「……馬鹿な子ほどかわいい」

そう言って、渓はぴったりと体を合わせ、優しく体を揺すった。少々乱れた渓の吐息や、肌の温かさを感じる。

さざ波のような穏やかな快楽に、喉から小さく甘えた声が漏れた。

「あっ……あ、……」

「七水。いつも、俺の匂い嗅いで興奮してたの？」

耳元で低く問われて、七水は頷く。

「う、ん」

匂いを嗅がないとできないわけじゃないけれど、うまく説明できそうにないのでただ肯定した。

「そんで、渓くんに、ひどいことされるの、とか……あっ……想像してた……っ」

体を揺すられているせいで、言葉が途切れてしまう。けれど渓は気にした風でもなく、七水の首元に音を立ててキスをした。

「酷いことされるの、好きか？　されたい？」

ちょっと意地悪い声で問われて、七水は黙考する。ややあって、首を振った。

「ううん。渓くんにならなにされてもいい……」

本物の渓は、想像していたよりもずっと優しかった。不器用に、壊れ物のように触れられると、胸の奥がくすぐったくて暴れ出したくなる。

酷いことをされたいわけじゃなくて、ただ、好きなように扱われたい。渓のものだと、七水に教えて欲しい。好きにすることで、七水が渓のものだとわかって欲しい。

「ん、ぁ！」

突然強く突かれて、不意打ちにびくんと体が跳ねた。

先程までよりも深い場所に渓のものを感じて、七水は微かに首を擡《もた》げた。無意識に息を震わせながら、七水は肩越しに渓を見る。

渓は目を細め、ぐっと体を押しつけてきた。甲高い声を上げ、七水は力なくシーツに顔を埋める。

「……ここ、いいの？」

優しく背後から問われたが、七水は意味のない言葉しか発することができなかった。

「奥……っ、いぃ……」

「好き？」

「好き、好き……っ」

ゆるゆると、真綿で首を絞めるような快楽に頭が真っ白になっていく。深い場所を小刻みに突かれて、七水はシーツを握った。

「あ、駄目……も、いく……っ」

ん、と息をつめた瞬間に、熱い奔流《ほんりゅう》が体の外に放出される。シーツの上に零れた体液が、ぱた、と音を立てた。

「は……っ、ぁ……」

まだ余韻の残る体は、断続的にびくびくと震える。痙攣《けいれん》する内腿《うちもも》を撫でた渓の手が、七水の脚を大きく開かせる。

「うあっ」

まだ中に渓のものが入ったまま、体を表に返される。敏感な中を擦られて、七水はのけぞった。

「ふ、ぃー……っ」

「ああ、ごめん。大丈夫か？」

ん、と頷いた七水の体を、渓の掌が這う。腰を抱えなおして、まだ撓《たわ》む中を擦られた。

「待って、まだ、中……」

「駄目？　気持ちいい？」

優しく愛撫しながら渓の掌は胸まで到達し、柔らかな突起を摘まむ。

「っん、ん！」

痛いほど立ち上がった肉芽を親指で転がされる。達したばかりの体はどこも敏感で、最中はずっと弄られていなかったその場所を弄られると、体が新たな刺激に悦《よろこ》ぶのがわかった。

「あっ、あっ」

「ここ、感じる？」

「う、ん……っ」

先端に爪を立てたり、柔らかな乳暈《にゅううん》をくりくりと弄られたりするだけで、体が震えた。中を突かれながら、気持ちいい、と呟くと、渓が上体を屈めて顔を寄せてくる。

「あっ……！」

まさか、と声を出す前に、渓の舌が突起を舐めた。

「やぁ……っ、な、……舐めちゃ、やだ」

「そ？　じゃあ」

「あ、わぁ！」

そう言いざま、おもむろに渓が胸を齧《かじ》った。歯を立てられた場所から形容しがたい刺激を感じて、七水は中のものを締め付けてしまう。

「か、か、噛むのも、駄目……っ」

「わがまま」

「わがままじゃない、って駄目、駄目だって……ぅ、んっ」

ちゅ、と音を立てて吸われる。引っ張られるような、痛いような感覚に、七水は身を捩りながら涙目になった。

「吸うのも……っ、駄目、だってば！」

ばか、と頭を叩くと、渓はいたずらっ子のような顔をして胸元を舐めた。

「渓くん、渓……っ」

しがみつき、彼の首元に鼻さきを擦りつける。

自慰に耽るときに嗅いでいたのよりも、もっと強い渓の匂いに、くらくらした。

「あっ、あ……！」

「七水……七水？」

「う、ん？」

揺さぶられて、快感に朦朧《もうろう》としながら、七水はいつの間にか閉じていた目を開いた。涙でぼやけた渓が、七水を見下ろして微笑む。眼元を拭われると、もっとはっきり渓の顔が見えて、胸が締め付けられた。

一度達したはずなのに、すぐに体の奥から快感が湧きあがってきて、七水は頭を振る。

「あ、駄目、待ってまだ……」

「七水……！」

「あっ、あ……——！」

く、と渓が息を詰めたすぐあとに、体の中に熱いものを感じた。その感触に、七水も二度目の絶頂を覚える。

「ふ、ぁ……」

「っ、や、ば……」

まだ、体の中で渓のものが出ているのを感じる。渓は、中の感触を楽しむようにゆるゆると腰を動かした。

溢れるくらい出された渓のものに、七水はうっとりとする。

「ん」

ある程度満足したのか、渓が動きを止め、力なく覆いかぶさってくる。七水は圧《の》し掛かる体を抱き留め、はひー、と息を吐く。

汗ばんだ渓の体は甘くていい匂いがして、七水は鼻をこすりつけながら深く呼吸した。

渓は小さく唸ったあと、七水の体を思い切り抱きしめてくる。

——渓くん？

息を切らせながら、渓が耳元でぼそぼそと「好きだぞ」と呟いた。

俺もだよ、と言いたかったが、呼吸が整わなくて声が出ない。それでもなるべく早く伝えたくて、七水も渓の体に抱きついた。

頭を撫でてくれる渓の肌に、七水は何度も何度もキスをする。

多少落ち着いたのか、渓が七水の上から退いた。それから、七水の顔をじっと見つめる。

若干照れくさくなって笑うと、渓は目を眇めた。

「たまには喧嘩もいいよ」

ね、と笑いかけると、渓も微笑みながら首肯した。

「……もうちょっと、会話しような」

俺も結構思い込み激しいところあるし、と言いながら、渓が手を握ってくる。恋人繋ぎをした手をひっぱり、渓は七水の指先にキスをした。

「うん。でもキスとエッチもいっぱいしたい」

つるりと本音を零すと、情緒がないとでも言いたいのか、渓が能面のような顔になった。

それから繋いでいた手を解き、七水の顔面を平手で打つ。

「ふぎゃっ」

勿論軽く、ではあったが、不意を突かれたせいでびっくりする。

「渓くんひどい～……」

鼻と口を掌で押さえて責めると、渓は身を屈めてきた。そして、口元を押さえていた七水の手の上にキスをしてくる。

慌てて手を外してもう一度、とせがんだが、渓はキスの代わりに「ばーか」と笑って額を叩いてきた。

あとがき

はじめまして、こんにちは。栗城偲《くりきしのぶ》と申します。

この度は『ぼくのすきなひと』をお手に取って頂きましてありがとうございました。

ショタ攻め好きな敏腕担当さんにまたサマミヤ先生と組ませて頂いて、前作の『きみがすきなんだ』に引き続いて再びショタ攻め本でお目見えいたしました。前作は、今回脇で登場した冬弥とその恋人が主役です。前作が未読でも問題はありませんが、よろしければそちらのほうも読んで頂ければ幸いです！　因みに、もう一人の脇キャラの吏貢は、次回への布石、というわけではなく、今回採用されなかった案のキャラでした……。

前回の受けが安楽椅子型だったので、その反動で今回はアクティブに動く受けにしよう、と思い立ち、七水が出来上がりました。私はいつも割とうすらぼんやりした受けを書くことが多いのですが、ぼんやり通り越して七水ほど頭の螺子《ねじ》がゆるゆるなキャラを書くのも初めてかもしれません。皆さまに気に入って頂けますように……。

小手先が器用なので、七水はそのうち、イニシャルセーターでも編み出しそうな気がします。そうして無邪気にペアルックを強いる気がします。そして渓も断れないと思います。

イラストはサマミヤアカザ先生に描いて頂くことが出来ました。

渓はインテリイケショタで、七水は美人なのに頭に花が咲いている感じでとっても素敵でした。

恐らくこの後のページに配置される、大小の渓に挟まれるのを想像している七水が可愛くて面白くて膝を打ちました。そして「そっか、この手があったか！」と思いました（笑）。

口絵は担当さんが本文を上げる前から「ここを指定しますから！」と仰っていた一押しシーンで、とっても素敵に仕上げて頂いて感激でした。もう、気分的には担当さんとハイタッチです。七水の複雑な表情がなんとも言えず可愛い！　そして渓が男前……。

お忙しいところ、ありがとうございました！

最後になりましたが、この本をお手にとって頂いた皆様に、心より御礼申し上げます。

ありがとうございました。感想など頂けましたら嬉しいです。

またお目にかかれますように。

栗城　偲

イケショタのけーくんも
大きくなったけーくんも
本当にかっこよかったです…!!
そして七水さんが
ほわほわしていて
かわいすぎました!!!
おっきいけーくんとちいさいけーくん♥
ありがとうございました…!!
マミヤ アカザ

ガッシュ文庫

ぼくのすきなひと
（書き下ろし）
すきなひとのはなし
（書き下ろし）
ぼくのこいびと
（書き下ろし）

栗城 偲先生・サマミヤアカザ先生へのご感想・ファンレターは
〒102-8405 東京都千代田区一番町29-6
（株）海王社 ガッシュ文庫編集部気付でお送り下さい。

ぼくのすきなひと
2013年4月10日初版第一刷発行

著　者　栗城　偲 [くりき しのぶ]
発行人　角谷　治
発行所　株式会社 海王社
〒102-8405　東京都千代田区一番町29-6
TEL.03(3222)5119(編集部)
TEL.03(3222)3744(出版営業部)
www.kaiohsha.com
印　刷　図書印刷株式会社

ISBN978-4-7964-0424-2